Bettina Obrecht

P.F.O.T.E.

Ein Mops wird wild

BILDER
VON
BARBARA
SCHOLZ

Bettina Obrecht

P.F.O.T.E.

Ein Mops wird wild

cbj

P.F.O.T.E., ein (fast) perfekter Hund aus dem Labor, liebt Bällchen, seine Familie und seine Freunde. Durch sein geniales Sprachhalsband kann er sich mit Menschen unterhalten.

Die Geschwister Flip und Janne sind so froh, dass P.F.O.T.E. bei ihnen eingezogen ist! Ohne ihren Hund mit dem Sprachhalsband wäre das Leben ganz schön langweilig.

Tapf Eins sieht nur so aus wie ein Mops. Tief im Innern jedoch ist er ein tapferer, einsamer Wolf, und ein Menschendiener will er ganz bestimmt nicht sein …

Gut, dass **Vater und Mutter** von Janne und Flip so viel Humor haben! Den braucht man, wenn man mit einem sprechenden, fast perfekten Hund zusammenwohnt.

Die **Katze** ist die treue Freundin von P.F.O.T.E. und Tapf Eins, auch wenn sie das nicht zugeben möchte. In die Stadt kann sie die beiden leider nicht begleiten: Dort gibt es zu viele Autos, und vor denen hat sie große Angst.

Die kleine Hündin **Pipette** trägt zwar niedliche rosa Schleifen, aber insgeheim schwärmt sie für den raubeinigen, stolzen Mops Tapf Eins.

Frau van Bömmel mag Kuchen und Kekse, Schleifen und die Farbe Rosa, aber am meisten liebt sie ihr Hündchen Pipette.

1.

Tapf Eins, der schwarze Mops, war auf seinen kurzen Beinen schon seit einer guten Stunde unterwegs. Er wollte zum Picknickplatz im Wald. Den langen Weg nahm er nur auf sich, wenn er besonders hungrig war. Normalerweise entfernte er sich nicht weit von seinem Schlafplatz am Fluss und suchte sich nur in der näheren Umgebung seine Mahlzeiten zusammen. Aber in den letzten Tagen hatte es geregnet, deshalb waren nur wenige Menschen spazieren gegangen. Kaum einer hatte beim Spazierengehen etwas Essbares verloren.
Am großen Picknickplatz im Wald dagegen fand sich immer etwas. Die Menschen konnten mit ihren Autos bis direkt zu den Tischen und Bänken fahren, deshalb war der Platz gut besucht.

Der kleine Hund hob witternd die Nase, als er sich dem ersten Picknicktisch näherte. Es roch so berauschend nach Wurst und Brötchen und Mandelkeksen!

„Wie dumm die Menschen sind“, knurrte der Mops vor sich hin, als er am Mülleimer ankam. „Sie verstecken ihre Essensvorräte so nachlässig, dass jeder sie finden kann.“ Er zerrte mit den Zähnen ein halbes Brötchen aus dem Mülleimer. „Ich tue das nur, um die Menschen zu ärgern“, erklärte er einem Buchfinken, der ihm erstaunt zusah.

Tapf Eins zog weiter zur nächsten Bank. Er senkte die platte Nase und schnupperte.
Und dann erstarrte er.
Er roch etwas.
Aber das war nicht möglich.
Das war … ein Traum. Ein Wunder.
Ein Wundertraum.
Besser, als wenn es Würstchen vom Himmel regnen würde.
Besser als die Momente, wenn er mit seinen besten Freunden P.F.O.T.E. und Katze gemütlich am Fluss herumlag.
Es war, als käme die Sonne nach einer langen Schlechtwetterzeit hinter einer dunklen Wolke hervor, warm und golden strahlend.
Sein Herz schlug wild. Aber er hatte keine Angst. Vielleicht war er das einzige Tier im weiten Umkreis, das sich nicht fürchtete, wenn ihm dieser Geruch in die Nase stieg.

Warum hätte er sich fürchten sollen?

Tapf Eins war ja nur die Abkürzung für seinen eigentlichen Namen: „Tapferer Einsamer Wolf“. Diesen Namen hatte er sich selbst gegeben. Denn Tapf Eins hatte kein Herrchen und kein Frauchen. Er lebte allein im Wald und fand das gut so, denn auf keinen Fall wollte er ein Menschendiener sein.

Tapf Eins sah nur so aus wie ein Mops. In seinem Inneren jedoch schlummerte ein echter Wolf.

Und nun hatte er gerade die Spur eines richtigen, echten, wilden Wolfs aufgenommen. Ein Wolf mit langen Beinen, einer kräftigen Schnauze, einer buschigen Rute, spitzen Ohren, mit allem, was schön und richtig war.

Ein Wolf, der Tapf Eins in sein Rudel aufnehmen würde. Ein richtiges Wolfsrudel.

Tapf Eins galoppierte los, die Nase immer am Boden. Die Spur war noch frisch. Sie führte zwischen den Holzbänken hindurch ins Unterholz, dann an den leuchtend grünen Hainbuchen vorbei hinein in den dunklen Tannenwald.

Ein panisches Reh kam ihm in hohen Sätzen entgegengesprungen. Es beachtete den Mops gar nicht, sondern setzte einfach über ihn hinweg und verbarg sich im Dickicht. Den Wolf fürchteten alle Tiere im Wald.

Der Geruch wurde deutlicher. Tapf Eins hechelte.

Er strauchelte, stand wieder auf und hoppelte weiter. Und dann sah er ihn.

Der Wolf stand am Bach, hatte die sehnigen grauen Pfoten auf einen glatt geschliffenen Stein gestellt, und blickte aus gelben Augen in die Ferne.

Tapf Eins erstarrte. Er konnte sich nicht mehr rühren.

Und so erstarrt stand er da, bis der Wolf sich nach einer Weile umwandte, federnd und elegant über den breiten, reißenden Bach setzte und auf der anderen Seite zwischen den Bäumen verschwand.

Tapf Eins ließ sich auf sein breites Hinterteil plumpsen. Er rang nach Luft. Mit seinen kurzen Beinchen konnte er den Bach unmöglich überwinden. Der Wolf war für ihn unerreichbar.

Er legte den Kopf in den Nacken und versuchte zu heulen. Aber aus seiner Kehle drang nur ein dünnes Fiepen, das in ein heiseres Krächzen mündete.

Tapf Eins musste husten. Tränen traten ihm in die Augen. Es sah aus, als würde er weinen. Aber tapfere einsame Wölfe weinen natürlich nicht.

2.

P.F.O.T.E. lag im Gras vor dem kleinen Haus seiner Familie in der Sonne und seufzte wohlig. Er mochte den Regen, weil er so schöne Pfützen zum Hineinspringen hinterließ, aber gegen sonniges Wetter war auch nichts einzuwenden. Bei Sonnenschein kamen die Menschen viel öfter aus ihren Häusern, sie gingen länger spazieren und waren besser gelaunt.

Janne und Flip spielten Federball. P.F.O.T.E. durfte nicht mitmachen, weil er den Federball immer so gern zerkaute, aber das war nicht weiter schlimm.

Gerade hatte Flip den Ball aus Versehen mitten ins Gestrüpp geschmettert. Er legte den Schläger aufs Gras, ging in die Hocke und tastete. „Au“, schrie er. „Brennnesseln!“

„Findest du ihn nicht?“, rief Janne ungeduldig.

„Hier ist alles voller Unkraut“, jammerte Flip. „Und Dornen. Und Stacheln.“

Janne kam zu ihm. „Mama hat dieses Jahr noch gar nichts im Garten gearbeitet“, stellte sie fest. „Es wächst alles zu.“

Sie deutete auf die Beete. Die Tulpen streckten ihre Köpfe mühsam durch einen Dschungel aus Löwenzahn, Giersch und Taubnesseln. Hohes Gras wuchs zwischen den Beerensträuchern und eine dicke, stachelige Brombeerranke zog sich bis hinauf in den Fliederbusch.

„Ich finde ihn nicht", sagte Flip. „Ich hole schnell einen neuen." Er rannte zum Haus.

Die Mutter kam ihm entgegen.

„Du musst das Unkraut wegmachen", sagte Janne zu ihr.

„Keine Lust", knurrte die Mutter nur.

P.F.O.T.E. hob erstaunt den Kopf. Er trug sein Halsband, das Menschensprache in Hundesprache übersetzte und umgekehrt, konnte deswegen alles verstehen und sich auch mit seinen Menschen unterhalten.

„Warum hast du keine Lust?", fragte er. „Die Sonne scheint. Menschen gehen doch gerne ins Freie, wenn die Sonne scheint."

Doch die Mutter gab keine Antwort. Sie drehte sich um und verschwand wieder im Haus.

„Sie ist komisch", sagte Janne.

„Vielleicht hat sie Hunger", sagte P.F.O.T.E. „Mein Freund Tapf Eins wird auch komisch, wenn er Hunger hat."

„Tapf Eins ist immer komisch", wandte Janne ein.

„Tapf Eins hat immer Hunger“, gab P.F.O.T.E. zurück. Er trottete ins Haus, um nach dem Rechten zu sehen.
Die Mutter hatte sich an den Küchentisch gesetzt. Der Vater saß schon da. Er starrte auf ein paar bedruckte Zettel, die vor ihm auf der Tischplatte lagen. Bedruckte Zettel machten ihm oft schlechte Laune, aber diesmal schien es besonders schlimm zu sein.

„Der Einspruch ist abgelehnt“, sagte er gerade. „Jetzt müssen wir uns damit abfinden.“

„Sie können doch nicht einfach unser Haus abreißen!“, rief die Mutter.

„Was?“, bellte P.F.O.T.E.

Die beiden zuckten zusammen und wandten sich zu ihm um.

„Was hast du gehört?“, fragte der Vater streng.

„Jemand will unser Haus abreißen?“, knurrte P.F.O.T.E.

Die Eltern sahen einander an. Dann zuckte die Mutter mit den Schultern. „Wir können es ihnen nicht länger verheimlichen." Sie wischte sich die Haare aus der Stirn und setzte sich gerade hin. „Wir müssen ausziehen", sagte sie dann.
„Aber warum denn das?", fragte P.F.O.T.E. verdattert. „Ihr seid doch hier zu Hause."
„Aber das Haus gehört uns nicht. Wir wohnen nur zur Miete", sagte der Vater. „Das verstehst du nicht", setze er schnell hinzu. „Wir müssen dafür bezahlen, dass wir hier wohnen dürfen. Das Haus gehört jemand anderem."
„Hier soll aber jetzt ein großes Mietshaus gebaut werden", ergänzte die Mutter.
„Das ist doch gut", sagte P.F.O.T.E. „Dann wohnen wir in einem großen Mietshaus."
„Ein Haus für viele Leute", sagte der Vater. „Eins mit kleinen, teuren Wohnungen."
„Das ist nicht gut", sagte P.F.O.T.E. „Wir sagen ihnen, dass das nicht geht."
„Wir haben kein Recht, das Haus zu behalten", sagte der Vater. „Aber das verstehst du nicht."
„Nein", bestätigte P.F.O.T.E. „Aber das geht sowieso nicht. Das müsst ihr denen einfach sagen, dann lassen sie uns vielleicht in Ruhe."

„Haben wir denen gesagt“, seufzte der Vater. In diesem Moment sah er, dass Flip mit einem neuen Federball in der Hand in der Tür stand. Janne spähte durch die Terrassentür. Die beiden hatten alles gehört.

Wieder wechselten die Eltern einen Blick.

„Jetzt wisst ihr es also“, sagte der Vater gespielt fröhlich. „Wir kriegen ein tolles neues Haus.“

„Was für eins denn?“, flüsterte Flip.

„Wissen wir noch nicht“, gab die Mutter zu. „Aber bestimmt wird es schön.“

„Mit einem großen Garten?“, fragte P.F.O.T.E.

„Klar.“

„Mit einer Wiese zum Bällchenwerfen in der Nachbarschaft?“

„Klar.“

„Dann ist es doch gar nicht schlimm“, sagte P.F.O.T.E. Er sprang an Flip hoch. „Freust du dich nicht?“

Aber Flip biss sich auf die Unterlippe. „Ich will hier bleiben“, murmelte er.

„Wir auch“, gab die Mutter zu. „Aber es geht nicht. Das Haus gehört uns nun mal nicht.“

„Ganz bestimmt bekommen wir wieder ein genauso schönes Haus“, sagte P.F.O.T.E. „Gehen wir jetzt endlich zurück in den Garten?“

Aber Flip feuerte den Federball in die Ecke und rannte in sein Zimmer.
Janne folgte ihm.
Dann wandte sie sich noch einmal um. „Du weißt es schon lang“, sagte sie wütend zu ihrer Mutter. „Deswegen lässt du nämlich den Garten verwildern und kümmerst dich gar nicht mehr darum.“
„Nein!“, protestierte die Mutter.
Aber Janne hatte sich wieder umgedreht und war in ihrem Zimmer verschwunden.
„Wenigstens bist du vernünftig“, sagte der Vater zu P.F.O.T.E. und seufzte.
„Danke“, sagte P.F.O.T.E. „Wann gehen wir denn in das neue Haus? Morgen?“
„Wir müssen es erst finden“, sagte die Mutter.
„Ich kann suchen helfen, wenn ihr es verloren habt“, bot P.F.O.T.E. an. „Ich habe eine gute Nase.“
„Das ist lieb“, sagte die Mutter. „Wir sagen dann Bescheid, wenn wir dich brauchen.“ Ihre Miene verdüsterte sich.
„Du solltest mal was essen“, riet P.F.O.T.E. „Das hilft gegen schlechte Laune. Ich habe auch ein kleines bisschen schlechte Laune.“ Er schielte nach dem Kühlschrank.
„Du musst bis zum Abendessen warten“, sagte der Vater streng.

„Na gut“, sagte P.F.O.T.E. Er ging wieder in den Garten, suchte den verlorenen Federball im Dornendickicht, legte sich damit wieder in die Sonne und kaute zufrieden ein bisschen darauf herum.

3.

Im Haus herrschte so schlechte Stimmung, dass P.F.O.T.E. beschloss, seine Freunde, den Wolf-Mops Tapf Eins und die Katze, am Fluss zu besuchen.

„Kommt ihr mit?“, fragte er Janne und Flip.

Er selbst war zwar inzwischen ein richtiger Familienhund, aber die Kinder hatten ihm versprechen müssen, dass sie ihn niemals gegen seinen Willen einsperren oder an die Leine nehmen würden.

Janne und Flip sahen einander an.

Flip nickte. Janne nickte auch.

Die beiden standen auf, schlüpften in Schuhe und Jacken, Janne schwang ihren kleinen Rucksack über die Schulter und sie folgten P.F.O.T.E. die Straße hinunter. In den Gärten grünte und blühte es, eine Amsel sang auf der höchsten Spitze der Fichte, Hummeln brummten, ein Rasenmäher surrte.

Es war alles so schön und frühlingshaft, dass P.F.O.T.E. ausgelassen an den Kindern hochsprang.

„Ist das nicht herrlich?“, bellte er.

„Jaja“, sagte Janne düster. „Und bald wohnen wir nicht mehr hier.“

„Dann wohnen wir aber bestimmt noch schöner“, tröstete P.F.O.T.E. „Warum sollte man irgendwo wohnen, wo es einem nicht gefällt?“

„Kann doch sein, dass man eingesperrt wird“, sagte Flip.

P.F.O.T.E. sah ihn erstaunt an.

„Man kann doch immer weglaufen“, sagte er. „Mir hat es dort, wo ich früher eingesperrt war, nicht gefallen. Da bin ich eben weggelaufen.“

„Klar“, sagte Janne. „Aber bei uns ist es komplizierter.“

„Habt ihr ein Bällchen dabei?“, fragte P.F.O.T.E.

„Klar“, sagte Flip.

„Dann kann nicht viel passieren“, sagte P.F.O.T.E. zufrieden. „Man muss bloß immer ein Bällchen dabeihaben.“ Er stupste Flip mit der Nase an. „Und man muss natürlich mit seinen Freunden zusammen sein. Dann ist es egal, wo man hingeht.“

Die Kinder sagten dazu nichts, aber P.F.O.T.E. spürte, dass sich ihre Laune ein bisschen besserte. Als sie die Wiesen erreichten, die zum Flussufer hinunter führten, warf Flip sogar das Bällchen.

„Habt ihr für Tapf Eins etwas zu fressen dabei?“, fragte

P.F.O.T.E., als das Gehölz in Sichtweite kam, das dem Mops und der Katze als Unterschlupf diente.

„Klar“, sagte Janne. „Ich wage mich doch nicht ohne Futter zu einem Wolf. Womöglich frisst er mich auf.“ Sie grinste.

„Das glaube ich nicht!“, rief P.F.O.T.E. „Tapf Eins mag zwar keine Menschen, aber er würde sie nicht fressen. Schon gar nicht, wenn sie meine Freunde sind.“

Die Katze hatte sie schon gehört. Sie kam ihnen mit hochgerecktem Schwanz

entgegenspaziert, rieb sich zuerst an Flips und Jannes Beinen und kam dann zu P.F.O.T.E.

„Gut, dass du da bist", sagte sie zu ihm. „Ich halte ihn nicht mehr aus."

„Sprichst du von Tapf Eins?", fragte P.F.O.T.E. „Was ist denn mit ihm?"

„Das soll er dir selbst sagen." Die Katze machte kehrt und wanderte zurück in Richtung Unterholz. Die Kinder und P.F.O.T.E. folgten ihr.

Tapf Eins lag vor der Hundehütte, die ihm P.F.O.T.E.s Familie im Winter geschenkt hatte. Er hatte den Kopf mit geschlossenen Augen flach auf die Vorderpfoten gepresst.

„Wir kommen dich besuchen!", bellte P.F.O.T.E.

Keine Reaktion. Der Mops schien tief zu schlafen.

„Sag ihm, dass wir was zu essen mitgebracht haben", flüsterte Flip. „Das weckt ihn bestimmt!"

„Wir haben Futter dabei!" Jetzt bellte P.F.O.T.E. noch lauter. „Knochen und sogar ein Stück Leberwurstbrot."

Der Mops regte sich nicht.

Die Kinder warfen einander besorgte Blicke zu. „Er ist krank!", flüsterte Flip.

P.F.O.T.E. rannte zu seinem Freund, beschnupperte ihn und stieß ihn dann mit der Pfote an. „Was ist mit dir?"

„Lass mich in Ruhe", knurrte der Mops.

„Ich bin's doch!", rief P.F.O.T.E. „Wir wollen mit dir spielen. Und dir was zu fressen geben."

„Lasst mich in Ruhe", wiederholte der Mops. „Ich habe keinen Hunger. Und ich spiele nicht. Ich bin kein alberner Welpe. Ich bin …" Er brach ab.

„… ein Wolf", ergänzte P.F.O.T.E. verständnisvoll.

Der Mops starrte ihn einen Moment lang an, dann drehte er sich um und verschwand in der Hütte.

„Er würde jetzt bestimmt gerne die Tür hinter sich zuknallen", stellte Flip fest. „Aber er hat ja keine."

Er selbst knallte gerne mit seiner Zimmertür, wenn er sich geärgert hatte.

P.F.O.T.E. wandte sich an die Katze. „Weißt du, was mit ihm los ist?"

„Ja", sagte die Katze. „Er will nichts fressen. Ich könnte aber die Leberwurst vom Brot lecken. Sonst müsst ihr ja alles wieder nach Hause tragen."

„Sag erst, was mit ihm los ist", verlangte P.F.O.T.E.
„Er behauptet, er hat einen Wolf gesehen. Einen echten Wolf", sagte die Katze.
P.F.O.T.E. sah sich schnell nach allen Richtungen um. „Einen echten Wolf?"
„Nicht hier", beruhigte ihn die Katze. „Tiefer im Wald. An einem Platz, an dem die Menschen immer eine Menge Futter vergessen."
„Und warum freut er sich nicht darüber?", fragte P.F.O.T.E. erstaunt. „Ich dachte, er freut sich, wenn er einen Wolf trifft. Schließlich ist er auch ein Wolf."
„Ich bin ein erbärmlicher Mops", knurrte es dumpf aus der Hütte.
„Das ist nicht wahr!", kläffte P.F.O.T.E. „Du bist ein Wolf. Ein tapferer, einsamer Wolf!"
„Sag uns, was los ist!", rief Janne, die nichts von dem verstand, was die Tiere untereinander beredeten.
P.F.O.T.E. erklärte alles.
„Ein Wolf?", rief Janne begeistert, aber Flip sah sich ängstlich in alle Richtungen um.
„Nicht hier", sagte P.F.O.T.E. „Im Wald."
„Jetzt ist Tapf Eins traurig, weil der Wolf nicht sein Freund sein will", sagte Flip verständnisvoll.

„Hast du den Wolf gefragt, ob er dein Freund sein will?", erkundigte sich P.F.O.T.E. bei Tapf Eins.
„Ein Wolf braucht keinen Freund", kam es zurück. „Schon gar nicht so einen wie mich."
„Einen Freund braucht jeder", widersprach P.F.O.T.E. „Ganz egal, ob er kurze Beine oder eine platte Nase hat."
Tapf Eins schwieg.
Janne wickelte das Leberwurstbrot aus, und die Katze begann, die Wurst abzulecken. Sie schmatzte absichtlich sehr laut, aber in der Hundehütte regte sich nichts.
„Die Knochen kann ich aber nicht essen", miaute sie dann. „Die müssen die Kinder wieder mitnehmen."
In der Hütte blieb es weiterhin still.
„Willst du nicht mal Bällchen werfen ausprobieren?", erkundigte sich P.F.O.T.E. „Das macht immer gute Laune."
In der Hütte blieb es immer noch still.
Nicht einmal ein verächtliches Grunzen war zu hören.
„Dann spielen wir eben alleine", sagte P.F.O.T.E. zu den Kindern.
Flip warf ihm ein paar Mal das Bällchen.
Die Katze leckte sich die Schnauze und machte sich dann daran, den Leberwurstgeschmack mit der Zunge auf ihrem ganzen Fell zu verteilen. Immer wieder sahen sie in Richtung

Hütte. Janne hatte die Knochen direkt vor den Eingang gelegt. Aber sie blieben unberührt.
Schließlich legte sich P.F.O.T.E. direkt vor den Hütteneingang und spähte hinein. Er konnte den schwarzen Mops in der Dunkelheit nicht erkennen.
„Du hast doch schon ein Rudel", sagte er. „Die Katze und mich und Pipette, die kleine Nachbarshündin. Du weißt schon, die mit den rosa Schleifchen. Die mag dich so gerne."
„Ihr seid doch alle nur Menschendiener", schnaufte es in der Hütte. „Ein Rudel dient nur seinem Leitwolf. Ein Rudel hält immer zusammen. Jeder hilft jedem. Und alle heulen gemeinsam."
„Wir könnten es probieren", schlug P.F.O.T.E. vor.
„Was denn?"
„Gemeinsam heulen."
„Ich kann nicht heulen"
„Probier es doch."
Der Mops kam zögernd aus der Hütte, setzte sich, holte tief Luft, reckte den Kopf und begann zu heulen. Und diesmal gelang es. Er heulte so herzzerreißend, dass Janne und Flip eiskalte Schauer über den Rücken liefen. Er heulte so sehr, dass die Katze sich flach an den Boden presste und P.F.O.T.E. anerkennend mit dem Schwanz wedelte.

„Jetzt wir“, rief er der Katze zu.
„Ich bin eine Katze“, sagte die empört. „Ich heule nur, wenn mir jemand auf die Pfote tritt.“
„Dann mach ich's allein“, sagte P.F.O.T.E. Er legte den Kopf zurück und wollte laut losheulen … aber nichts geschah. Kein Ton drang durch seine Kehle. P.F.O.T.E. senkte den Kopf und schüttelte sich.
„Es geht nicht“, stellte er fest. „Ich glaube, man hat das bei mir weggezüchtet. Ihr wisst doch, dass ich ein perfekter Hund

bin. An mir ist alles so, wie die Menschen es haben wollen. Offenbar mögen sie es nicht, wenn Hunde heulen."

Der Mops war verstummt. Er starrte P.F.O.T.E. ausdruckslos an. Dann machte er kehrt und verschwand wieder in seiner Hütte.

„Ich glaube, wir müssen für ihn den Wolf suchen", sagte P.F.O.T.E.

„Ich denke nicht daran." Der Katze stellten sich die Nackenhaare auf. „Wölfe fressen Katzen."

4.

Abends zog P.F.O.T.E. noch einmal alleine los. Er wollte Pipette besuchen, die kleine weiße Hündin mit den rosaroten Schleifen im Fell. Ihr Frauchen, Frau van Bömmel, mochte P.F.O.T.E.s Familie nicht besonders, aber Pipette war immer freundlich. Vor allen Dingen bewunderte sie Tapf Eins sehr.

„Pipette!“, kläffte P.F.O.T.E. leise, als er am Zaun ihres Hauses angelangt war.

„Ich bin auf der Terrasse!“, rief Pipette. P.F.O.T.E. hörte ihr Halsband klingeln, als sie angelaufen kam.

„Bekommt ihr auch ein größeres, schöneres Haus?“, fragte P.F.O.T.E.

„Was?“, fragte Pipette erstaunt.

„Wir bekommen ein neues Haus“, berichtete P.F.O.T.E. „Es wird bestimmt toll.“

„Wir bleiben hier“, sagte Pipette. „Uns gefällt es nämlich.“ Sie schwieg einen Moment lang. „Zieht ihr weit fort?“, fragte sie dann.

„Ich glaube nicht“, sagte P.F.O.T.E. „Das würde ja gar nicht gehen. Unsere Freunde sind doch alle hier. Aber ehrlich gesagt, ich glaube, ihr bekommt auch ein neues Haus. Die Häuser hier werden nämlich kaputt gemacht.“
„Was?“, kläffte Pipette entsetzt. „Wer sagt das?“
„Es steht auf einem Zettel“, sagte P.F.O.T.E.
„Warum hast du den Zettel nicht gefressen?“, fragte Pipette. „Zettel kann man fressen. Sie schmecken zwar nicht gut, aber manchmal muss es sein.“
„Daran habe ich nicht gedacht“, gab P.F.O.T.E. zu.
„Du musst ihn suchen. Vielleicht liegt er noch herum. Man muss doch nicht sein Zuhause verlassen, nur wegen eines kleinen Zettels.“
P.F.O.T.E. schämte sich, weil er nicht selbst auf diesen rettenden Gedanken gekommen war. Er lenkte schnell ab.
„Tapf Eins hat einen Wolf getroffen“, berichtete er.
„Er ist so mutig“, seufzte Pipette.
„Tapf Eins möchte gern sein Rudel sein“, fügte P.F.O.T.E. noch hinzu.
„Das schafft nur einer wie Tapf Eins.“ Pipette verdrehte träumerisch die Augen. „Mitglied in einem richtigen Wolfsrudel.“ Dann schwieg sie einen Moment lang. „Ist das nicht gefährlich?“

„Nicht für Tapf Eins“, sagte P.F.O.T.E.
„Pipette!“, rief eine sanfte Frauenstimme. „Mein Schätzchen! Wo bist du?“
„Ich muss ins Haus“, kläffte Pipette entschuldigend. „Kommt Tapf Eins uns bald besuchen?“
„Ich glaube nicht“, sagte P.F.O.T.E. „Besuche du ihn doch.“
„Ich darf doch nicht.“ Pipette seufzte, dann drehte sie sich um und sauste in Richtung Haus.
P.F.O.T.E. trabte noch ein Stück weiter. Ihm war eingefallen, dass er vor einer Woche auf der Wiese hinter den Häusern eins seiner Lieblingsbällchen verloren hatte. Vielleicht hatte er Glück und fand es heute wieder. Er liebte die Wiese sehr. Manchmal spielte er mit den Kindern auch im Park, aber das war etwas anderes. Die Wiese war wild und von Kaninchen und Mäusen und Maulwürfen und Bussarden bewohnt. Sie gehörte keinem Menschen.
Hatte P.F.O.T.E. jedenfalls geglaubt.
Als F.O.T.E. um die Ecke bog, stand er vor einem hohen Maschendrahtzaun. Verdutzt sah er sich um. Hatte er sich verlaufen?
Nein, das hier war seine Bällchenwiese. Doch jetzt war sie von einem hohen Zaun eingefasst und eine riesige Plakatwand zeigte ein schickes, hohes, weißes Haus mit vielen Fenstern.

P.F.O.T.E. konnte nicht lesen, was auf dem Schild stand, aber ihn beschlich ein merkwürdiges Gefühl.
Er hatte immer geglaubt, die Welt sei für jeden da.
Und nun stellte sich heraus, dass jemand sie einfach einzäunen konnte.

Er trottete am Zaun entlang. Vielleicht gab es ja doch irgendwo einen Eingang.
Dann roch er sein Bällchen. Ruckartig blieb er stehen, näherte sich dem Zaun und wedelte vor Erleichterung mit dem Schwanz.
Da, nur zwei Menschenfußlängen von seiner Nase entfernt, musste es liegen.
Aber zwischen Nase und Bällchen befand sich jetzt dieser Zaun.
Beinahe hätte P.F.O.T.E. gebellt, aber als perfekter Hund durfte er nur einmal am Tag richtig laut bellen. An diesem Tag hatte er das bereits tun müssen, als der Vater ihn aus Versehen im Keller eingesperrt hatte. Außerdem hatte er eine unglaublich laute Stimme, und er wollte nicht, dass alle Nachbarn aus den Fenstern sahen.
Stattdessen fing er jetzt an zu graben. Seine Pfoten flogen, Erde spritzte. Vielleicht konnte er sich unter dem Draht durchbuddeln?
Aber der Zaun war tief im Boden verankert.
P.F.O.T.E. gab auf. „Ich komme wieder", versprach er seinem Bällchen. „Ich hole Hilfe."
So schnell er nur konnte, galoppierte er nach Hause.
„Jemand hat mein Bällchen eingesperrt!", japste er, als er vor

dem Haus Janne begegnete, die mit finsterer Miene den Müll hinaustrug.
„Quatsch“, sagte Janne. „Das Bällchen kann doch nicht weglaufen. Außerdem hast du doch ganz viele andere Bällchen.“
„Du verstehst nichts davon“, jaulte P.F.O.T.E. „Außerdem hat jemand einen Zaun um unsere Wiese gebaut.“
„Mir egal“, sagte Janne. „Wir ziehen sowieso weg.“ Als sie seinen traurigen Blick sah, wurde sie ein bisschen freundlicher, beugte sich zu ihm hinab und streichelte seine Ohren.
„Pipette darf auch hier bleiben“, beschwerte sich P.F.O.T.E.
„Das stimmt nicht“, sagte Janne. „Mama sagt, sie müssen auch wegziehen. Aber Frau van Bömmel hat gerade von ihrer Tante ein Häuschen geerbt. Das will sie verkaufen. Dann bekommt sie viel Geld und kann sich eine teure Wohnung leisten. Vielleicht sogar eine von diesen modernen Wohnungen, die hier gebaut werden. Sie braucht ja nicht so viel Platz wie wir.“
P.F.O.T.E. dachte nach. Pipette besaß nicht so ein großartiges Übersetzer-Halsband wie er. Deswegen hatte sie oft überhaupt keine Ahnung, was sich gerade abspielte.
Aber vielleicht war das manchmal ganz gut. Pipette jedenfalls schien sich überhaupt keine Sorgen zu machen.
„Pipette würde gern Tapf Eins besuchen“, sagte er. „Aber sie darf nicht.“

Janne seufzte. „Glaubst du eigentlich, dass er wirklich einen Wolf gesehen hat?“, fragte sie dann.
„Klar“, sagte P.F.O.T.E. „Mit Wölfen kennt er sich aus.“
„Und du meinst, wenn er den Wolf wiederfinden würde, dann wäre er glücklich?“
„Klar“, sagte P.F.O.T.E. „Wenn der Wolf ihn nicht frisst. Aber der Wolf würde Tapf Eins nicht fressen, weil kein Wolf einfach so einen anderen Wolf frisst.“
„Dann müssen wir den Wolf für ihn suchen“, stellte Janne fest.
„Einverstanden“, sagte P.F.O.T.E. „Wann fangen wir an? Morgen?“
„Am Sonntag“, erklärte Janne. „Wir machen ein Picknick.“

5.

Die Eltern wunderten sich ein bisschen darüber, dass Janne und Flip unbedingt picknicken wollten und noch dazu ganz genau wussten, an welchem Platz dieses Picknick stattfinden sollte. Am meisten aber wunderten sie sich darüber, dass Tapf Eins sie begleitete.

„Er ist doch ein wilder Hund“, wandte der Vater ein. „Er will doch gar nichts mit Menschen zu tun haben.“

Tapf Eins sprang ins Auto, ohne jemanden anzusehen. Er hielt den Blick starr geradeaus gerichtet und tat einfach so, als habe er mit diesen Menschen nichts zu tun.

„Er benimmt sich so, als hätte er ein Taxi bestellt“, murmelte die Mutter ein bisschen gekränkt.

Flip schlug mit der flachen Hand aufs Polster zwischen ihm und Janne. „Setz dich hierher zu mir, Tapf Eins“, bat er.

Aber Tapf Eins kümmerte sich nicht um ihn. Er verkroch sich im Fußraum und ließ sich bis zur Ankunft im Wald nicht mehr blicken.

„Wir sind da!“, rief P.F.O.T.E. beglückt, als der Duft des frischen Laubs durch den Fensterspalt strömte. „Es ist herrlich hier! Überall Bäume! Und noch mehr Bäume! Und ganz viele Bäume! Und Mülleimer!“

„Eigentlich muss man erst einmal wandern, bevor man picknicken darf“, sagte der Vater streng. Er stieg aus, streckte sich, atmete tief ein und schloss die Augen. „Sonst hat man es sich nicht verdient.“

„Wir können ein bisschen um den Platz herumwandern“, schlug Flip vor. „Und ihr deckt so lange den Tisch.“

Der Vater warf der Mutter einen vielsagenden Blick zu. Die seufzte und zuckte mit den Schultern.

„Von mir aus. Aber verlauft euch nicht.“

„Wir haben doch P.F.O.T.E. dabei“, lachte Flip. „Der findet immer den richtigen Weg.“

„Klar“, sagte die Mutter. „Aber passt auf den Wolf auf.“

Janne und Flip starrten sie an. „Welchen Wolf denn?“, stotterte Janne.

Die Mutter zeigte auf Tapf Eins. „Den da“, sagte sie und kicherte. „Euren Wolf-Mops.“

„Du sollst ihn nicht auslachen“, schrie Flip zornig.

„Entschuldige“, sagte die Mutter schnell. „Du weißt doch, dass ich ihn gern habe. Er ist ein lustiger kleiner Kerl.“

Flip sah Tapf Eins an. Gut, dass der die Mutter nicht verstehen konnte! Sicher wollte er ganz und gar nicht als lustiger, kleiner Kerl gelten.

„Wo hast du den Wolf denn gesehen?“, fragte P.F.O.T.E. seinen Freund und sah sich nach allen Seiten um.

„Am letzten Tisch dort hinten unter dem großen Baum habe ich seine Spur aufgenommen.“ Tapf Eins stand starr da. Seine Beinchen zitterten nervös, seine Augen quollen ihm beinahe aus dem Kopf. „Kein Geruch ist vergleichbar mit dem des Wolfs. Er riecht s... so groß und stark und unbesiegbar und frei …“

P.F.O.T.E. schnupperte am Waldboden. „Hier war ein Eichhörnchen“, sagte er. „Und da vorne hat jemand ein Getränk ausgekippt. Ein süßes Getränk. Und hier nebendran liegt noch ein Brötchenkrümel. Und eine Salamihaut.“ Er kaute. „Also, hier lag eine Salamihaut“, verbesserte er. „Aber einen Wolf kann ich nicht riechen.“

„Er kommt nicht so nahe zu den Autos herunter“, sagte Tapf Eins. „Die Menschen dürfen ihn nicht sehen. Sie achten ihn nicht. Sie verstehen nichts von seiner Großartigkeit.“

„Die Salami war auch großartig“, sagte P.F.O.T.E. „Es könnte gut sein, dass wir noch mehr leckere Sachen finden.“ Er sah Tapf Eins erwartungsvoll an, aber der reagierte nicht.

Also trabten sie weiter.
„Wartet auf uns“, rief Janne. „Wir kommen mit!“
„Wir auch!“, rief der Vater. „Picknick gibt es erst nach dem Spaziergang. Und den Tisch decken wir gemeinsam.“
P.F.O.T.E. warf Tapf Eins einen sorgenvollen Blick zu. Sicher hatte der nicht damit gerechnet, bei seiner Suche nach dem Wolf vier Menschen im Schlepptau zu haben. Aber Tapf Eins sah sich nicht um. Er sog schniefend die Luft ein, dann trabte er wie am Bindfaden gezogen los.
Alle folgten ihm.
Die Stimmung war bestens.
„Es ist herrlich“, rief die Mutter so laut, dass Tapf Eins sich nun doch verärgert umsah. „Dieses Grün! Die Vögel! Die Ameisen und Käfer! Die Luft! Und man hört gar keine Straße!“ Sie lauschte. „Man hört die Straße gar nicht so laut“, verbesserte sie.
„Wenn alles schiefgeht, ziehen wir in den Wald“, sagte der Vater.
„Au ja!“, schrie Janne. „Mit dem Zelt!“
„Prima“, sagte die Mutter. „Und wir essen nur noch Pilze und Baumrinde und Käfer!“
„Nein!“, schrie Flip noch lauter. „Ich will nicht in den Wald ziehen!“

„Wir könnten Wildschweineier essen“, schlug P.F.O.T.E. vor. „So wie Tapf Eins.“

„Es gibt keine Wildschweineier“, erklärte der Vater. „Wildschweine legen keine Eier.“

„Aber Tapf Eins frisst sie“, wandte P.F.O.T.E. ein. „Er erzählt immer davon. Und ich habe es gesehen.“

„Du hast es gesehen?“ Der Vater runzelte die Stirn.

„Ich habe das Loch gesehen, aus dem er sie ausgegraben hat“, gestand P.F.O.T.E.

„Na dann“, sagte der Vater. „Dann wird es schon stimmen.“ Er grinste.

Tapf Eins wandte sich P.F.O.T.E. zu. „Kannst du die nicht wegschicken?“, knurrte er.

„Nein“, sagte P.F.O.T.E. „Sie hören nicht auf mich.“

„Ich kann sie nicht ausstehen“, knurrte der Mops. „Gut, dass ich die Menschen bald alle los bin. Als Wolf hat man mit ihnen nichts zu tun.“

„Erst mal musst du …“, fing P.F.O.T.E. an, aber dann durchfuhr es ihn wie ein Blitz.

Im Genick fing es an und durchlief seinen Körper bis zur Schwanzspitze, kribbelnd wie hunderttausend Ameisen. P.F.O.T.E hasste Ameisen. Und gleichzeitig war da so ein himmelhoch aufgeregtes Gefühl, wie wenn Flip das Bällchen in der Hand hielt und schon weit ausholte, aber nur so tat, als würde er den Ball werfen. Man wollte gleich losspringen, wusste aber genau, dass man stehen bleiben und abwarten musste. Dann war da so etwas im Bauch, was beinahe platzen wollte.

„Was ist los?“, fragte Tapf Eins.

„Da ist etwas“, sagte P.F.O.T.E. leise. „Eine Spur.“

„Ich rieche nichts“, sagte Tapf Eins.

„Du hast ja auch keine …“, fing P.F.O.T.E. an. „Du bist ja auch nicht…“ Er verstummte.

P.F.O.T.E. war ein fast perfekter Hund. Er war so gezüchtet, dass sein Geruchssinn den aller anderen Hunde übertraf. Besonders den Geruchssinn von Hunden mit platt gedrückten Nasen. Aber das wollte er Tapf Eins jetzt nicht unbedingt auf diese platte Nase binden.

6.

Erst ein paar Meter weiter nahm auch Tapf Eins die Spur des Wolfes wahr.
Diesmal wurde er zu seiner eigenen Verblüffung ganz ruhig.
„Da ist er", sagte er. Und dann galoppierte er los.
P.F.O.T.E. folgte ihm.
„He, bleibt hier!", rief die Mutter ihnen nach.
„Gleich wieder da!", rief P.F.O.T.E. Er folgte Tapf Eins durchs Unterholz.
Der Wolfsgeruch wurde stärker.
Es war merkwürdig, in eine bestimmte Richtung zu rennen, wenn man eigentlich viel lieber in die entgegengesetzte Richtung rennen wollte.
Tapf Eins bremste ab. Er rannte nach links. Er rannte nach rechts. Er drehte sich im Kreis.
„Ich rieche nichts mehr", hechelte er. „Er ist weggeflogen."
„Können Wölfe fliegen?", fragte P.F.O.T.E. erstaunt.
Tapf Eins antwortete nicht. Er ließ sich auf den Waldboden

fallen. Sein Atem ging so schwer, dass P.F.O.T.E. sich Sorgen machte.
„Ruh dich aus", sagte er. „Dann suchen wir weiter."
„Er ist weg", keuchte Tapf Eins. „Ich weiß es genau."
P.F.O.T.E. war ein bisschen beruhigt.
„P.F.O.T.E.!!!! Komm her!"
Es war Jannes Stimme.
„Die rufen mich!", sagte P.F.O.T.E. und sah Tapf Eins auffordernd an.
„Komm sofort! P.F.O.T.E.! Tapf Eins! Kommt her!"
„Dich rufen sie auch!" P.F.O.T.E. tänzelte aufgeregt vor der Mopsnase herum. „Wir müssen nachsehen, was los ist."
„Ich lasse mich von keinem Menschen rufen", sagte Tapf Eins. „Demnächst erwarten sie noch, dass ich bei Fuß gehe." Er schüttelte sich verächtlich.
„Aber vielleicht brauchen sie Hilfe", sagte P.F.O.T.E. „Vielleicht greift der Wolf sie an."
„Unsinn", knurrte Tapf Eins. „Der Wolf geht Menschen aus dem Weg."
„Aber vielleicht hat er Hunger. Und Flip ist noch klein. Nur so groß wie ein Schaf. Und …"
„Niemals würde ein Wolf einem kleinen Jungen etwas tun!", rief der Mops, aber er wirkte plötzlich ein bisschen unruhig.

Er wandte seinen Kopf in die Richtung, aus der das Rufen kam.

„P.F.O.T.E.! Tapf Eins! Kommt her! Sofort!“ Das war die strenge Stimme des Vaters.

„Ich würde lieber mal nachsehen“, winselte P.F.O.T.E.

Tapf Eins widersprach nicht mehr. Stattdessen hoppelte er los, durchs Unterholz zurück zum Parkplatz. P.F.O.T.E. sah ihm verwirrt nach. Er wurde aus dem kleinen Mops-Wolf einfach nicht schlau. Aber nachdenken wollte er eigentlich gar nicht. Er folgte ihm, und wenig später schlüpften sie aus dem Dickicht und standen vor Janne, Flip und ihren Eltern.

Ein grün gekleideter Mann war dazugekommen. Er trug ein Gewehr über der Schulter und einen Hut auf dem Kopf. P.F.O.T.E. überlegte kurz, ob er bellen sollte, entschied sich aber dagegen. Der Mann sah nicht wie ein Einbrecher aus. Und manchmal reagierten die Menschen sehr ungehalten, wenn man sie anbellte.

„Sehen Sie?“, sagte der Vater zu dem Mann. „Die beiden hören aufs Wort.“

„Es hat aber eine Weile gedauert“, widersprach der Fremde mit eisiger Stimme. „Sie dürfen überhaupt nicht frei herumlaufen. Es ist Frühjahr. Rehkitze, junge Hasen … alles leichte Beute für einen wildernden Hund.“

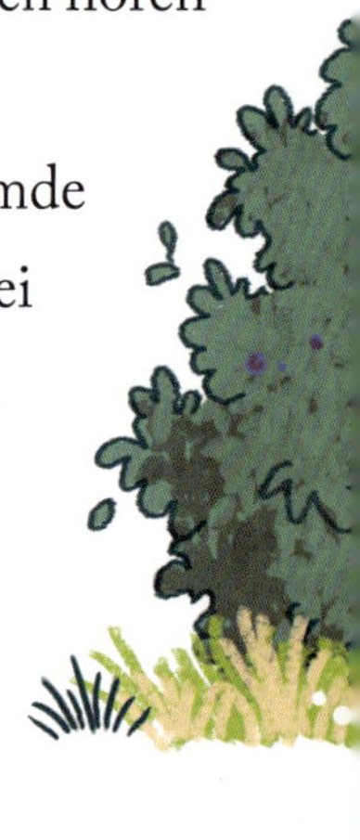

„Sie wildern aber nicht!“
„Jeder Hund wildert“, widersprach der Mann. „Das ist angeboren. Außerdem gibt es nichts zu diskutieren. Hier herrscht Anleinpflicht. Besonders jetzt, wo hier ein Wolf unterwegs ist.“
„Ein Wolf?“, fragte die Mutter überrascht. „Hier?“

„Er ist unweit von hier gesichtet worden. Wölfe greifen Hunde an. Sie wollen doch sicher nicht …“

„Das ist ja spannend“, sagte der Vater.

Der Fremde sah auffordernd auf die Leine, die Janne wie eine Halskette umgehängt hatte. Die Mutter räusperte sich.

„Nun mach P.F.O.T.E. schon fest“, sagte sie.

P.F.O.T.E. wollte laut protestieren, aber wenn fremde Menschen in der Nähe waren, durfte er sein Halsband nicht benutzen und musste ganz still sein. Normalerweise stellten die Kinder die Lautstärke herunter oder nahmen ihm das Halsband ganz ab. Also begnügte er sich mit einem ärgerlichen, kurzen Winseln, ließ aber zu, dass Janne die Leine festmachte. Dabei drehte sie den Lautstärkeregler auf null, sodass sich P.F.O.T.E. wenigstens mit seinem Freund unterhalten konnte.

„Was ist hier los?“, knurrte Tapf Eins.

„Keine Ahnung“, sagte P.F.O.T.E. „Der Mann möchte nicht, dass wir hier herumlaufen. Er hat Angst, dass wir vom Wolf gefressen werden.“

„Er kennt den Wolf?“

„Sieht so aus.“

„Und was ist mit dem Mops?“, fragte der Fremde jetzt. „Ich sehe gerade, er hat noch nicht einmal ein Halsband um. Und damit auch keine Steuermarke.“

Kinder und Eltern sahen einander an.

„Also Tapf Eins …“, fing Janne an.

Der Vater fiel ihr ins Wort. „Er ist uns entwischt. Tut mir leid. Einfach aus dem Halsband geschlüpft.“ Er sah Flip an. „Nimm ihn auf den Arm.“

Flip bückte sich, hob Tapf Eins hoch und presste ihn an sich.

Alle außer dem Fremden hielten den Atem an.

Der Mops lag wie erstarrt in Flips Armen. „Sind die wahnsinnig?“, keuchte er nur.

„Achte darauf, dass er nicht noch einmal entwischt“, sagte der Fremde. „Ich bin leider verpflichtet, wildernde Hunde zu erschießen.“

Flip riss die Augen ganz weit auf und verzog das Gesicht. Es sah so aus, als würde er jeden Moment losheulen.

„Ich mach das ja auch nicht gern, Junge“, sagte der Mann schnell. „Ich habe selbst einen Hund.“

Der Mops schien jetzt erst aufzuwachen. Er begann wild zu strampeln.

„Bring ihn ins Auto“, sagte der Vater hastig. „Lass die Scheibe einen Spalt runter, damit er Luft bekommt.“

Flip gehorchte und schleppte Tapf Eins eilig in Richtung Auto.

Janne rannte hinterher, riss die Beifahrertür auf und schlug sie schnell wieder zu, als der Mops im Wageninneren geparkt war.

Der Mann sah sich noch einmal prüfend in alle Richtungen um.

„Also, falls Sie den Wolf sehen sollten“, sagte er. „Nicht füttern. Nicht in die Enge treiben. Aber Sie werden ihn nicht sehen.“

„Bestimmt nicht“, sagte die Mutter.

„Erschießen Sie den Wolf denn?“ Janne funkelte den Wildhüter an.

Der lachte. „Aber nein. Wölfe sind streng geschützt. Sie dür-

fen nicht geschossen werden. Jedenfalls, solange sie keine Problemwölfe sind."
„Und was ist ein Problemwolf?", bohrte Janne.
„Einer, der keine Scheu vor Menschen hat. Oder einer, der Schafe reißt."
„Das tut dieser Wolf bestimmt nicht", sagte Janne schnell.
„Na, wir werden sehen. Dann einen schönen Tag noch." Der Jäger tippte sich an den Hut.
„Gleichfalls."
Der Mann stapfte davon. Er ging direkt ins Unterholz hinein, als würde auch er der Wolfsfährte folgen. Aber P.F.O.T.E. wusste, dass Menschen nur über einen jämmerlichen, verkümmerten Geruchssinn verfügten und ohne Hunde vollkommen hilflos waren.
Der Vater räusperte sich. „Na, wie wär's jetzt mit dem Picknick?"
„Ok", sagte Janne.
Die Mutter klatschte in die Hände. „Na, dann wollen wir mal auspacken."
„Und Tapf Eins?", fragte Flip verzagt.
„Dem bringen wir sein Würstchen ins Auto", sagte der Vater.
„Mich könnt ihr jetzt wieder freilassen", sagte P.F.O.T.E. „Der Mann ist ja weg."

„Lieber nicht“, murmelte die Mutter.

„Was?“ P.F.O.T.E. starrte sie an.

„Es kann ja sein, dass er zurückkommt und uns Ärger macht.“

„Aber ich laufe ja nicht weg. Und ich wildere nicht. Ich will doch nur …“

„Jetzt mach es uns doch nicht so schwer“, seufzte der Vater. „Alle Hunde müssen ab und zu mal an die Leine. Zu ihrer eigenen Sicherheit. Das schadet ihnen doch überhaupt nicht.“

„Aber …“ P.F.O.T.E. sah Janne und Flip an. „Ihr habt es mir versprochen.“

„Aber das hier ist eine Ausnahme“, sagte Janne.

Flip hielt den Blick gesenkt.

„Ich habe sogar noch ein Extra-Würstchen für dich“, bot der Vater P.F.O.T.E. listig an, aber der rührte sich nicht.

Der Vater seufzte. Die Mutter sah aus, als sei ihr ein bisschen unwohl, aber dann räusperte sie sich. „Komm schon, P.F.O.T.E.“, sagte sie versöhnlich. „Es ist ja nur für heute.“

P.F.O.T.E. schwieg.

Janne ging zu ihm und nahm ihn in den Arm.

„Ich will überhaupt kein Picknick“, sagte sie laut. „Wenn P.F.O.T.E. nicht frei herumlaufen darf.“

„Jetzt reißt euch zusammen“, sage die Mutter gespielt munter. „Wir sind hier herausgefahren, um hier schön zu picknicken.

Ich habe Eier gekocht und Brote geschmiert. Wir lassen uns den Tag nicht verderben."

Aber es wurde kein fröhliches Picknick.

Flip hielt P.F.O.T.E. ein Stück Wurst hin, aber er nahm es nicht. „Es war genau ausgemacht, dass ihr mich nicht einfach anbinden dürft", knurrte er.

„Bitte sei nicht sauer", bat Flip.

„Ich bin aber sauer", knurrte P.F.O.T.E.

Die Eltern sahen einander an. Sie hatten P.F.O.T.E. noch nie wütend erlebt. Seine gute Laune hatte bisher immer gesiegt.

In gedrückter Stimmung packten sie die Essensreste und das Geschirr zusammen und trugen alles ins Auto.

„Was für ein wunderbarer Ausflug", witzelte der Vater, aber er streckte die Hand aus und kraulte P.F.O.T.E. hinter den Ohren.

P.F.O.T.E. zuckte nicht einmal mit der Schwanzspitze.

Janne versuchte, ganz vorsichtig die Autotür aufzumachen.

Einen Moment lang geschah gar nichts.

Dann schoss ein kleiner schwarzer Hund durch den Türspalt, flitzte zwischen Jannes Beinen hindurch und verschwand wie ein Blitz im Wald.

Keiner machte sich die Mühe, nach Tapf Eins zu rufen. Alle wussten, dass er nicht zurückkehren würde.

„Er hat ganz recht“, knurrte P.F.O.T.E. „Ihr habt ihn einfach eingesperrt. Ich laufe vielleicht auch weg.“

„Ach Pfötchen“, sagte die Mutter sanft. „Nun nimm es uns doch nicht so übel.“

„Abgemacht ist abgemacht. Kauft euch doch einen normalen Hund, den es nicht stört, an der Leine zu gehen“, sagte P.F.O.T.E. Er kringelte sich auf der Rückfahrt zusammen und redete kein Wort mehr, bis sie wieder zu Hause waren.

7.

Fremde Männer in leuchtend orange gestreiften Westen stapften durch die Blumenbeete. Sie stellten merkwürdige Geräte auf, mit denen sie das Grundstück vermessen konnten. Einmal marschierten sie quer durchs Haus und grüßten dabei kaum. Es waren keine Einbrecher, deswegen durfte P.F.O.T.E. sie nicht anbellen, aber er konnte sich kaum beherrschen.
„Wo geht ihr beide hin?“, fragte er, als die Mutter und der Vater auffällig schick angezogen in Richtung Haustür hasteten.
„Wir sehen uns eine Wohnung an“, sagte die Mutter.
„Nehmt mich doch mit“, schlug P.F.O.T.E. vor.
Der Vater und die Mutter wechselten einen Blick. „Nein“, sagte der Vater bedächtig. „Es ist besser, du bleibst hier.“
„Aber vielleicht gefällt mir die Wohnung ja gar nicht“, sagte P.F.O.T.E. „Hat sie überhaupt einen Garten?“
„Sie hat überhaupt keinen Garten“, erklärte der Vater. „Wir finden einfach keine bezahlbare Wohnung mit Garten in dieser Stadt.“

„Dann gefällt sie mir nicht“, sagte P.F.O.T.E. „Und euch gefällt sie auch nicht. Ihr braucht nicht hinzufahren. Bleibt lieber hier.“

„Es ist sehr schwer, eine Wohnung zu finden“, erklärte die Mutter geduldig. „Es ist fast unmöglich, ein ganzes Haus zu bekommen. Erst recht ein Haus mit Garten. Wir haben einfach nicht genügend Geld.“

„Bis später, P.F.O.T.E.“, sagte der Vater gespielt munter. „Wir erzählen dir dann alles. Oder wir gehen spazieren. Oder beides.“

P.F.O.T.E. legte sich in sein Körbchen und dachte nach. Er mochte sein Leben voller Sonnenschein und wunderbaren Regenpfützen mit einer netten Familie. Aber nun kam alles durcheinander, nur weil jemand ihnen ihr Zuhause wegnehmen wollte. Es verwirrte ihn.

P.F.O.T.E. sprang wieder auf und trabte zum gekippten Wohnzimmerfenster. Er hörte die Stimmen der Eltern noch in der Ausfahrt.

„Wir sagen dem Vermieter am besten gar nichts von P.F.O.T.E.“, sagte die Mutter gerade. „Sonst schickt er uns gleich weg.“

„Aber wir können ihn auch nicht verschweigen.“

„Keiner vermietet uns eine Wohnung, wenn wir gleich verraten, dass wir einen Hund haben", sagte die Mutter. „Vermieter hassen Hunde. Du weißt doch, beim letzten Mal …"

„Ja." Der Vater sah über die Schulter und legte den Rückwärtsgang ein. „Wir müssen uns etwas einfallen lassen."

P.F.O.T.E. sank in sich zusammen. Sein Herz schlug wie wild. Das war es also. Sie konnten ihn überhaupt nicht mehr brauchen.

Er war schuld daran, dass sie kein neues Haus fanden. Er war eine Last für sie. Ohne einen Hund hätten sie längst ein großes Haus mit einem riesigen Garten bekommen.

P.F.O.T.E. fühlte sich verlassen. Und er spürte, dass ein Groll in ihm wuchs, wie er es sonst nur von nicht gestilltem Hunger kannte. Er stand auf, fischte ein paar Bröckchen aus seinem Napf und soff die ganze Wasserschüssel leer. Es half nicht.

Er ging wieder ans Fenster, stellte sich mit den Vorderpfoten aufs Fensterbrett und sah hinaus.
Die Sonne schien. Er war eingesperrt. Allein eingesperrt. Weil er seiner Familie nur noch zur Last fiel.
„Ich werde jetzt auch ein Wolf", beschloss er. „Dann seid ihr mich los."
Er trabte durch alle Zimmer. Im Keller stand ein Fenster offen. P.F.O.T.E. fiel es nicht schwer, auf den Fensterabsatz zu springen und ins Freie zu kriechen. Als er draußen war, zögerte er. Dann streifte er sich mit der Hinterpfote das Halsband über den Kopf, schnappte sich einen Ball, der noch im Gras lag, und rannte durchs Gartentor davon.
P.F.O.T.E. war schon einmal weggelaufen – aus dem wissenschaftlichen Labor, in dem er aufgewachsen war. Gleich am ersten Tag hatte er die Kinder kennengelernt. Es war ein merkwürdiges Gefühl, sie jetzt wieder zu verlassen. Aber sicher war es am besten so. Ohne einen Hund würden sie eine schöne Wohnung bekommen. Und P.F.O.T.E. und Tapf Eins konnten sich auf die Suche nach dem Wolf machen und vielleicht ein richtiges Rudel werden.
Endlich hatte er den Park hinter sich gelassen. Jetzt konnte er schon den Fluss riechen. P.F.O.T.E. erreichte die Hundehütte. Kein Mops weit und breit.

„Tapf Eins!", bellte er. „Katze!"
Es dauerte einen Moment, dann sprang eine geschmeidige Gestalt aus dem Schatten, kam auf ihn zugelaufen und rieb sich an seiner Flanke. „Wie schön, dass du mich besuchen kommst", schnurrte die Katze.
„Ich komme dich nicht nur besuchen", verbesserte P.F.O.T.E. „Ich bin von zu Hause weggelaufen und will ein Wolf werden."
Die Katze wich zurück und starrte ihn an. „Du auch?"
„Ist Tapf Eins denn schon beim Wolf?", fragte P.F.O.T.E.
„Ph", machte die Katze. „Er findet ihn ja nicht. Jeden Tag sucht er sich die Pfoten wund. Ich weiß nicht, was ihr habt. Wölfe sind gefährlich. Reichen euch eure alten Freunde nicht mehr?"
„Darum geht es nicht", sagte P.F.O.T.E. „Ich will frei sein."
„Dann sei es doch einfach", sagte die Katze ungnädig. „Ich brauche dazu ja auch keinen Wolf."
„Aber du bist eine Katze", sagte P.F.O.T.E. „Das ist sowieso etwas anderes."
„Ihr traut euch bloß nicht allein", grollte die Katze.
„Wann kommt Tapf Eins denn wieder?", fragte P.F.O.T.E. besorgt.
Vielleicht hatte Tapf Eins den Wolf längst gefunden und war mit ihm im Wald verschwunden?
„Wenn es dunkel wird, kommt er zurück." Die Katze sprang

auf einen Baum und balancierte einen breiten Ast entlang. „Deine Menschen werden dich suchen“, stellte sie dann fest. „Bestimmt kommen sie hierher.“

„Sie können mich nicht mehr brauchen“, sagte P.F.O.T.E. „Sie finden keine Wohnung, solange ich bei ihnen bin.“

„Dann verstehe ich, dass du weggelaufen bist.“ Die Katze sah jetzt ein bisschen freundlicher auf P.F.O.T.E. hinunter. „Aber ehrlich gesagt glaube ich nicht, dass aus dir ein guter Wolf wird. Du bist viel zu nett dafür.“

„Danke“, sagte P.F.O.T.E. verwirrt. „Vielleicht ist der Wolf ja auch nett.“

„Ein Wolf darf nicht nett sein“, widersprach die Katze.

Darüber wollte P.F.O.T.E. jetzt nicht nachdenken. Er legte sein Bällchen ab und wartete auf Tapf Eins.

Es dämmerte schon, als der Mops auftauchte. Schwerfällig, mit hängendem Kopf, schleppte er sich durchs Unterholz und sah kaum auf, als P.F.O.T.E. ihm entgegensprang.

„Ich bin weggelaufen!", rief P.F.O.T.E. laut. „Ich bin jetzt auch ein freier Hund."
Der Mops warf ihm nur einen Seitenblick zu. „Das hältst du nicht durch", knurrte er nur.
„Aber ich trage kein Halsband mehr!", sagte P.F.O.T.E. stolz.
Der Mops musterte ihn noch einmal kurz, dann torkelte er zu seiner Hütte und brach davor zusammen.
„Wir müssen noch was zu essen suchen", erinnerte ihn P.F.O.T.E.
„Keinen Hunger."
P.F.O.T.E. sah die Katze, die mit halb geschlossenen Augen auf einem Baumstumpf saß, ratlos an.
„So ist er jetzt", sagte sie nur. Dann sprang sie vom Baumstumpf und streckte sich. „Deine Menschen suchen dich bestimmt", sagte sie zu P.F.O.T.E.
„Na und?"
„Bestimmt suchen sie dich hier", fügte die Katze hinzu.
P.F.O.T.E. überlegte kurz. „Kann sein", sagte er kleinlaut.
Die Katze gähnte. „Du musst woanders übernachten. Komm mit. Tapf Eins will sowieso seine Ruhe haben."
P.F.O.T.E. sah sich nach seinem Freund um, der mit geschlossenen Augen vor der Hütte lag. „Stimmt das?"
Der Mops muckste sich nicht.

„Aber morgen früh", sagte P.F.O.T.E. lauter, „gehe ich mit dir den Wolf suchen!"
Jetzt öffnete der Mops ein Auge. „Wenn die Sonne aufgeht", knurrte er.
„Abgemacht!", rief P.F.O.T.E. erleichtert. Er nahm sein Bällchen in die Schnauze, dann ließ er es fallen. Wer sollte ihm hier ein Bällchen werfen? Es gab Dinge, die nur menschliche Freunde tun konnten. Wenn er ein freier Hund sein wollte, musste er sich von seinem Spielzeug trennen. Er zögerte, schob das Bällchen dann mit der Nase unter eine alte Weide und kratzte Laub darüber. Dann folgte er der Katze schweren Herzens ins Gehölz.
Die Katze kannte jeden Unterschlupf am Fluss. Weil P.F.O.T.E. nicht klettern konnte, entschied sie sich für einen alten Autoanhänger, der halb zugewachsen unter einigen hohen Bäumen stand. Er war so niedrig, dass P.F.O.T.E. hinaufhüpfen konnte. Er kuschelte sich an die Katze.
„Meinst du wirklich, dass sie mich suchen?", fragte er. „Vielleicht sind sie ja froh, dass ich weg bin. Sie brauchen ein neues Haus und keiner will mich haben."
„Sie werden dich suchen und finden", sagte die Katze. „Du weißt, ich halte nicht viel von Menschen. Aber manchmal findet man unter ihnen gute Freunde."

„Ich gehe aber nicht zurück“, sagte P.F.O.T.E. schnell. „Ich fände es nur ganz nett, wenn sie mich suchen würden.“

Die Katze rollte sich zusammen und schnurrte leise.

Das machte P.F.O.T.E. sehr schläfrig.

Aber er hatte lange nicht mehr im Freien geschlafen und all die Geräusche und Schatten um ihn herum erschienen ihm jetzt fremd.

„Es ist aufregend, draußen zu sein“, sagte er. „Ich meine, ohne Haus um mich herum. Ohne Dach über mir drüber. Ohne mein Bällchen.“ Er starrte hinauf in den Sternenhimmel. „Es ist aufregend, ein freier Hund zu sein.“

„Schlaf jetzt“, sagte die Katze. „Sonst bis du morgen einfach nur ein müder Hund. Die Sonne geht früh auf und Tapf Eins wird nicht auf dich warten.“

P.F.O.T.E. konnte lange nicht einschlafen. Einmal war ihm, als rufe jemand von Weitem seinen Namen, aber als er sich aufsetzte und lauschte, konnte er nichts mehr hören. Also legte er sich wieder hin, seufzte und schloss die Augen.

8.

Tatsächlich dämmerte es noch kaum, als P.F.O.T.E. von herrischem Gekläff geweckt wurde.
„Aufstehen! Es geht los! Aber ich vermute, du bereust es schon, dass du abgehauen bist, und gehst jetzt doch lieber zu deinen Menschen zurück … zu deinem Frühstück und deinem warmen Körbchen."
P.F.O.T.E. sprang vom Anhänger und begrüßte Tapf Eins so herzlich, wie er sonst die Kinder begrüßte. Aber Tapf Eins schüttelte ihn ab, wandte sich um und trabte los.
„Wohin gehen wir?", erkundigte sich P.F.O.T.E. „Hast du mit dem Wolf geredet? Darfst du bei ihm bleiben? Meinst du, er will mich auch in seinem Rudel haben? Warum ist er eigentlich so alleine? Hat er sein Rudel verloren? Oder ist er weggelaufen?"
Endlich wandte sich Tapf Eins um. „Ruhe!", blaffte er P.F.O.T.E. an. „Wenn du ununterbrochen weiterplapperst, finden wir ihn nie! Wölfe reden nur das Nötigste, so wie ich.

Normalerweise schweigen sie."

„Langweilig", winselte P.F.O.T.E.

„Was?"

„Nichts." P.F.O.T.E. mochte es gar nicht, wenn er nicht reden durfte, aber er wagte es nicht, den Mops noch einmal zu stören. Nach einer Weile fiel ihm auf, dass er im Kopf stumm weiterredete. Und was noch viel schlimmer war: Im Kopf redete er mit Janne und Flip. Er erklärte ihnen, warum er weggelaufen war und dass er jetzt beim Wolf leben würde. Und weil beide so traurig waren, fügte er noch schnell hinzu, dass er vielleicht ja doch auch wieder nach Hause kommen würde. Es konnte ja immerhin sein, dass der Wolf ihn nicht mochte. Oder dass er den Wolf nicht mochte. Oder dass sie den Wolf überhaupt nicht fanden.

Der Gedanke beruhigte ihn merkwürdigerweise ein bisschen.

„Ich habe die Fährte!", rief Tapf Eins in diesem Moment.

Und nun roch auch P.F.O.T.E. den Wolf. Es war wieder dasselbe merkwürdige Gefühl wie an jenem Tag auf dem Rastplatz, als er zum ersten Mal die Wolfsfährte wahrgenommen hatte. Seine Vorderpfoten begannen zu zittern. Er senkte die Nase und schnupperte sehr aufmerksam.

„Sie ist von gestern“, sagte er. „Er kann nicht weit sein.“

Der Mops bedachte ihn mit einem verächtlichen Blick. „Wölfe laufen weit“, sagte er. „Sie haben ja auch lange Beine.“ Er betrachtete voller Zorn seine eigenen kurzen Vorderbeine. „An den Wölfen haben die Menschen noch nicht herumgepfuscht.“

„Ich rieche übrigens, dass er hungrig ist“, sagte P.F.O.T.E., als sie weitertrabten.

„Hunger macht einem Wolf nichts aus", sagte Tapf Eins, und dann schwieg er wieder.

P.F.O.T.E. wunderte sich über den kleinen Mops. Verbissen, ohne zu jammern, ohne sich auszuruhen oder zwischendurch die leckeren Wildschweineier auszugraben, von denen er schon so viel erzählt hatte, trottete er dahin, über Steine, Moos und Wurzeln, durch Brombeergestrüpp und dichten Farnbüschel. Keine anderen Gerüche interessierte ihn – nicht Hase, Reh, Fuchs oder Wanderer mit Picknickbroten. P.F.O.T.E. selbst taten bald die Beine weh.

„Ich bin zwar ein fast pefekter Hund", fing er nach einer Weile wieder an, „aber auch ein vollkommener Hund muss sich ab und zu einmal ausruhen, sonst wird er vielleicht doch unvollkommen."

„Du kannst ja umkehren", knurrte der Mops nur, ohne sich nach ihm umzudrehen.

Aber P.F.O.T.E. kehrte nicht um.

Endlich, es war schon längst Nachmittag, hielt Tapf Eins an. Die rosa Zunge hing ihm aus dem Maul, er hechelte und schniefte. Eine Weile blieb er so stehen, dann legte er sich hin.

„Pause?", fragte P.F.O.T.E. erleichtert.

„Nein", sagte der Mops.

„Kehren wir um?"

„Nein."
„Was machen wir dann?"
„Da ist ein Haus", sagte der Mops.
P.F.O.T.E. sah genau hin. Er witterte.
Und wirklich. Am Waldrand stand ein kleines Häuschen.
„Vielleicht gibt uns jemand was zu fressen", kläffte P.F.O.T.E. aufgeregt.
Der Mops zuckte ein bisschen, aber dann knurrte er. „Wo Menschen sind, ist kein Wolf. Wir sind falsch gegangen."
„Ich sehe es mir genauer an", sagte P.F.O.T.E.
„Sprich bloß nicht mit den Menschen!", fauchte der Mops.
„Ich habe doch gar kein Halsband an", erklärte P.F.O.T.E.
„Na gut." Der Mops legte sich seufzend auf die Seite.
P.F.O.T.E. tappte vorsichtig los.
Das Haus mit dem steilen, etwas schiefen Ziegeldach lag an einer kleinen Schotterstraße. Es war von einem großen, umzäunten Garten umgeben. Das Tor stand offen, sodass P.F.O.T.E. hineingehen konnte. Das Gras war hoch gewachsen und auf der Terrasse standen verwitterte Stühle. Ein Mensch war nicht zu riechen. P.F.O.T.E. entdeckte eine Schüssel voll Regenwasser und soff sich satt. Dann trabte er um das ganze Haus herum. Alles wirkte verlassen und still. Rotschwänzchen hatte im Schuppen ein Nest gebaut, sie beschimpften P.F.O.T.E.,

als er auf seiner Runde vorbeikam. Eine Maus huschte an der Haustür entlang. Ein großes Spinnennetz schimmerte am Briefkasten in der Sonne. Irgendwo fuhr ein Auto, kam aber nicht näher und war bald nicht mehr zu hören.

P.F.O.T.E. kehrte um und rannte zurück zu Tapf Eins.

„Hier ist kein Mensch“, sagte er. „Aber es gibt Wasser.“

„Gut“, sagte Tapf Eins. Er erhob sich und torkelte auf das Haus zu. P.F.O.T.E. sprang voraus. Ihm war eingefallen, dass in verlassenen Gärten womöglich verlassene Bällchen herumlagen. Der Mops ging zum Wasserbecken und trank, dann legte er sich auf eine alte Fußmatte, die auf der Terrasse lag und schlief sofort ein.

P.F.O.T.E. fand das verlassene Haus so spannend, dass seine Müdigkeit wie weggeblasen war. Er schnüffelte in allen Ecken herum: am Vogelhäuschen, an der zerrissenen Wäscheleine, an den zersprungenen Blumentöpfen, an einer leeren Mülltonne, an einem verbogenen Fahrrad, das noch in der Ecke stand. An einigen Stellen roch es nach einer fremden Katze, die hier vielleicht ab und zu vorbeistreunte. Als er seine Runde beendet hatte, war er sich ganz sicher, dass hier seit längerer Zeit niemand mehr wohnte.

Umso überraschter war er, als sich kurz darauf ein Auto näherte.

P.F.O.T.E. rannte zu Tapf Eins hinüber und weckte ihn.

„Wir müssen uns verstecken“, bellte er leise. „Es kommt jemand.“

P.F.O.T.E. sprang gegen die Tür des Gartenschuppens und sie öffnete sich knarrend. Es roch nach Staub und Moder und Mäusen und Fledermäusen. In der Mitte des Schuppens stand ein alter Korbstuhl mit einem dicken Polster. In Sekundenschnelle war der Mops oben und schlief weiter.

P.F.O.T.E. dagegen blieb an der Tür stehen und lauschte.

Das Auto parkte auf dem Schotterweg vor dem Haus. Türen klappten, Stimmen waren zu hören. Eine fremde Männerstimme und eine Frauenstimme, die P.F.O.T.E. bekannt vorkam. Und dann war da noch etwas anderes: das Klappern eines Halsbands. P.F.O.T.E. witterte.

Ein Hund kläffte mit heller Stimme.

Es war ein Hund, den P.F.O.T.E. kannte.

Pipette, das weiße Hündchen aus der Nachbarschaft.

Beinahe wäre P.F.O.T.E. ins Freie gestürzt, um Pipette zu begrüßen. Im letzten Moment fiel ihm ein, dass er weggelaufen war und sich versteckte. So wartete er, bis Pipette von alleine ihre Spur entdeckte und zum Schuppen kam. Es dauerte nicht lange, da stand die kleine weiße Hündin schwanzwedelnd vor der Tür.

„P.F.O.T.E.!", jaulte sie. „Tapf Eins! Ich weiß, dass ihr da seid! Warum seid ihr da? Wie kommt ihr hierher? Ich bin auch da! Ich und mein Frauchen! Und bei uns ist ein komischer Mann mit einem stinkigen Auto! Der Mann trägt Parfum wie früher mein Frauchen. Ihr wisst doch, dass ich Parfum nicht ausstehen kann! Wo seid ihr?"

P.F.O.T.E. näherte sich dem Türspalt.

„Leise", flüsterte er. „Sie dürfen uns nicht finden. Ich bin nämlich von zu Hause weggelaufen."

Pipette drängte sich herein. Sie begrüßte P.F.O.T.E. beiläufig und rannte dann sofort zu Tapf Eins.

„Du bist aber mutig, hier zu schlafen!", bellte sie. „Hier ist es dunkel und kein Frauchen weit und breit! Und nichts zu fressen! Und kein Körbchen! Ich wusste, dass du mutig bist! Du bist ein richtiger Wolf!"

Tapf Eins wachte auf. Er brummte erst unwillig, dann öffnete er die Augen und musterte Pipette irritiert. „Was machst du hier?"

„Keine Ahnung. Mein Frauchen ist mit mir zu einem Mann ins Auto gestiegen und wir sind hierher gefahren. Und jetzt laufen sie hier herum, mein Frauchen und der Mann."

„Vielleicht zieht ihr hierher. Ihr müsst doch auch umziehen."

Pipette lachte. „Geht doch gar nicht. Weil es uns da gefällt, wo wir wohnen." Sie betrachtete ihn stolz. „Außerdem habe ich den Zettel gefressen. Deswegen können wir zu Hause bleiben."

P.F.O.T.E. seufzte. „Ich glaube, so einfach ist es nicht. Wir müssen alle wegziehen. Weil andere Menschen unsere Häuser kaputt machen."

„Geht doch gar nicht."

P.F.O.T.E. gab auf. „Du darfst uns auf keinen Fall verraten", sagte er nur.

„Schon klar." Pipette seufzte. „Ich wünschte, ich wäre so mutig wie du. Dann würde ich einfach hierbleiben."

„Pipette!", hörte man Frau van Bömmel rufen.

Pipette sprang mit allen vieren in die Luft. „Ich muss gehen!" Dann erstarrte sie. „Oder ich gehe vielleicht doch gar nicht", überlegte sie. „Ich könnte doch auch mal mutig sein und nicht gehorchen!" Sie sah Tapf Eins abwartend an.

„Piiiipeeeettte!"

Schritte näherten sich.

„Jetzt geh schon raus!", zischte Tapf Eins. „Bevor sie uns hier finden!"

„Oh nein! Ich bin genauso mutig wie du! Ich könnte auch eine Wölfin werden!"

„Du sollst …"

Die Schuppentür wurde weit aufgerissen. Ein staubiger Sonnenstrahl fiel auf den Mops in seinem Korbstuhl und auf P.F.O.T.E., der verlegen daneben saß.
Frau van Bömmel stieß einen überraschten Schrei aus. Dann redete sie aufgeregt auf Pipette ein. Schließlich rief sie mit süßlicher Stimme P.F.O.T.E.s Namen, aber P.F.O.T.E. tat einfach so, als würde er nichts hören. Tapf Eins war schon von seinem Sessel gerutscht und hatte sich hinter einer alten Tischtennisplatte verborgen, die an die Wand gelehnt stand. Frau van Bömmel ging auf P.F.O.T.E. zu und streckte die Hand nach ihm aus. P.F.O.T.E.s Herz klopfte laut.
Im letzten Moment sprang er los, huschte zwischen ihren Beinen hindurch und sie schrie spitz auf. P.F.O.T.E. sauste in den Wald, aber er lief nicht weit. Schließlich musste er auf Tapf Eins warten.
Er drehte sich um. Frau van Bömmel ging mit Pipette auf dem Arm zum Haus. Der Mann sperrte die Haustür auf und die beiden folgten ihm. Es dauerte eine ganze Weile, bis sie wieder herauskamen. Sie machten einen Rundgang um das Häuschen. Frau van Bömmel klopfte gegen Fensterläden, zupfte an welken Balkonpflanzen und wischte sich die Hand ab, nachdem sie einen Porzellanfrosch aus dem hohen Gras hochgehoben, missmutig betrachtet und im verwilderten Vorgarten wieder

abgesetzt hatte. Schließlich sah sie sich um, rief noch einmal laut nach P.F.O.T.E., dann zuckte sie mit den Achseln, wandte sich um und stapfte in Richtung Auto. Alle, die beiden Menschen wie auch Pipette, stiegen ein und fuhren davon.

P.F.O.T.E. wartete noch eine Weile.

Die Sonne stand schon tief. Bald würde es dunkel werden. Dann würden er und Tapf Eins die Suche nach dem Wolf abbrechen müssen. Vielleicht schafften sie es wieder zurück an den Fluss, wo die Katze sie sicher erwartete. Vielleicht konnte er sogar … aber nein. Er schüttelte sich ärgerlich. Er würde nicht wieder zu seiner Familie zurückkehren! Niemals! Er würde bei Tapf Eins bleiben und Mitglied eines wilden Rudels werden!

Vorsichtig trabte er zurück zum Schuppen und spähte durch den Türspalt.

Der Mops lag wieder auf dem Polster des Korbsessels und schnarchte laut.

P.F.O.T.E. zögerte.

Nein, er wollte Tapf Eins nicht einfach hier zurücklassen.

Außerdem gefiel ihm der Garten.

Er beschloss, sich noch ein bisschen umzusehen. Vielleicht hatte Pipettes Frauchen irgendwo auf dem Grundstück ein Stück Kuchen verloren. Sie roch immer nach Kuchen und Keksen. Das gefiel P.F.O.T.E. am besten an ihr.

Aber er fand keinen Kuchen, sondern nur einen sehr alten Knochen, den er sorgfältig unter einem Rosenbusch verbuddelte, und in einem von Unkraut überwucherten Beet ein paar reife Erdbeeren, die er genüsslich verspeiste. Herrlich, so ein Garten!

Wenn Janne und Flip das hier sehen würden, dachte er, würden sie ihren Eltern niemals erlauben, in ein Haus ohne Garten zu ziehen.

Schließlich fand er auch noch den schönsten Schlafplatz aller Zeiten: einen morschen hölzernen Schaukelstuhl. P.F.O.T.E. sprang auf die Sitzfläche und war vollkommen begeistert, als sich der Stuhl unter ihm bewegte. Es war, als hielte ihn ein Mensch auf dem Arm und wiege ihn sanft hin und her.

Er schloss die Augen und glaubte Janne und Flip zu riechen. Und so schlief er ein.

9.

Mitten in der Nacht wurde P.F.O.T.E. wach, weil ihn jemand anstarrte.

„Tapf Eins?“, grummelte er schlaftrunken, noch bevor er die Augen aufgemacht hatte. „Kannst du nicht mehr schlafen?“

Aber im selben Moment wurde ihm klar, dass nicht der Mops vor ihm stand.

Der scharfe Geruch war wieder da. Er war ganz nah.

Dieser unheimliche Geruch, von dem sich ihm jedes einzelne Nackenhaar sträubte. Der Geruch, vor dem er fliehen wollte und der ihn gleichzeitig magisch anzog.

P.F.O.T.E.s Herz klopfte wild. Er presste sich flach auf den Stuhl, der leider schon bei dieser kleinen Bewegung quietschend losschaukelte.

Er konnte in der Dunkelheit nichts sehen, aber ihm war, als höre er leises Atmen.

Und jetzt fiel von irgendwoher Licht in die Augen seines Gegenübers. Sie leuchteten grün auf wie die Augen der Katze.

Ach, wie froh wäre P.F.O.T.E. jetzt gewesen, wenn die Katze vor ihm gestanden hätte. Aber es war ja leider nicht die Katze. Es war jemand, der sich nicht die Mühe machte, sich vorzustellen.

„Was bist du?", grollte eine tiefe Stimme.

„Wie … wie meinst du das?", fiepte P.F.O.T.E.

„Freund oder Fressen?", grummelte es.

„Ähm …" P.F.O.T.E. fühlte sich überrumpelt. Ob er ein Freund des Ankömmlings war, wusste er doch noch gar nicht! Andererseits – sein Fressen wollte er bestimmt nicht sein.

„Freund!", rief er schnell. „Natürlich Freund, klar!"

Jetzt kam der Fremde ein paar Schritte näher.

P.F.O.T.E. war nicht überrascht, dass es der Wolf war. Er hatte es längst gerochen.

Überrascht war er vielmehr von der Größe des Wolfs. Er hatte lange, gerade Beine, einen muskulösen, kompakten Körper, eine buschige Rute und einen dicken Kopf mit kräftigen Kiefern.

„Ich bin mir da noch nicht sicher", brummte der Wolf. „Woher weißt du denn, dass du mein Freund bist? Du und dein Kollege, ihr folgt mir schon seit einiger Zeit durch den Wald. Glaubt ihr ernsthaft, dass ich das nicht bemerke? Bei all dem Lärm, den ihr macht? So ungeschickt, wie ihr euch anstellt? Ich hatte euch längst im Blick." Er sah sich um. „Wo ist denn dieses moppelige Schwarzfell mit der platten Schnauze? Nach Hause gegangen, was? Hat doch Angst bekommen, oder? Und dich einfach hier im Stich gelassen?“

„Tapf Eins hat überhaupt keine Angst“, widersprach P.F.O.T.E. „Er ist der mutigste Mops der Welt.“

Der Wolf schwieg einen Augenblick. „Du hältst zu deinem Rudel“, sagte er dann. „Das gefällt mir. So muss es sein.“

In diesem Moment öffnete sich eine Wolkenlücke und der Vollmond tauchte den alten Garten in bleiches Licht. Der Mondschein fiel auf den Wolf und verlieh ihm ein unwirkliches, bläuliches Aussehen. Er war wunderschön, so schön, dass P.F.O.T.E. es kaum aushalten konnte. Der Wolf sah genauso aus, wie ein vollkommener Hund aussehen sollte, fand er.

Einen Moment lang war sich P.F.O.T.E. unsicher, ob er nicht träumte.

„Warum folgt ihr mir?“, fragte der blaue Wolf streng. „Wollt ihr mich verraten? Euren Menschen? Sind sie Jäger, eure Menschen?“

„Wir wollen dich nicht verraten“, versicherte P.F.O.T.E. „Es ist so: Mein Freund sieht nur so aus wie ein Mops. Er hat keinen Menschen. Er ist frei. In Wirklichkeit ist er ein Wolf, weißt du? Und er möchte gern zu deinem Rudel gehören.“

Die Augen des Wolfs blitzten. Er sagte eine ganze Weile gar nichts. P.F.O.T.E. fiel es schwer, so lange stillzustehen. Es juckte am Hals, am Hinterteil, an der Vorderpfote, aber er wagte es nicht, sich zu kratzen. Er versuchte, genauso reglos auszuharren wie der Wolf.

„Hol ihn her“, sagte der Wolf schließlich „Ich möchte ihn kennenlernen.“

„Mach ich“, sagte P.F.O.T.E. Er war froh, in Richtung Schuppen laufen zu können. Vielleicht konnten Tapf Eins und er sich einfach im Schuppen verstecken, bis der Wolf wieder weg war? Erst jetzt wurde ihm bewusst, dass

Tapf Eins für so einen großen Wolf ein ziemlich fetter Happen sein konnte. Er selbst war eher drahtig und muskulös und sicher schwer zu kauen. Es kam wohl darauf an, wie hungrig der Wolf war.

„Tapf Eins!“, rief er leise in den Schuppen hinein. „Tapf Eins, wach auf!“

Ein besonders lautes Schnarchen antwortete ihm.

„Der Wolf ist da! Hörst du? Wir haben den Wolf gefunden. Nein, der Wolf hat uns gefunden. Er steht draußen.“

Das Schnarchen brach ab. Einen Moment lang lag der Mops noch ganz still auf seinem Kissen. Dann kam Bewegung in den kleinen Hund. Alle vier Beine strampelten gleichzeitig los, das Kissen rutschte und Tapf Eins plumpste mit dem Polster auf den Boden. Er rappelte sich auf, schüttelte sich, sah sich um und entdeckte P.F.O.T.E. „Was ist los?“, krächzte er.

„Der Wolf ist gekommen. Er will dich kennenlernen“, bellte P.F.O.T.E.

Der Mops starrte ihn mit großen Augen an. „Aber ich bin doch gar nicht richtig vorbereitet …“, sagte er. „Ich habe gerade noch geschlafen … und ich sehe doch so … so ganz … mopsig … aus.“

„Du siehst aus wie immer“, sagte P.F.O.T.E. erstaunt.

„Das ist es ja.“ Tapf Eins schniefte.

Aber P.F.O.T.E. verstand das Problem nicht. „Ich glaube, er ist hungrig“, sagte er. „Ich weiß nicht, ob es nicht besser wäre, wir würden uns verstecken.“

Aber da warf Tapf Eins P.F.O.T.E. einen strengen Blick zu, straffte sich, leckte sich einmal kurz das Fell auf beiden Flanken zurecht und marschierte wortlos in Richtung Tür.

P.F.O.T.E. folgte ihm. Er sah in Richtung Schaukelstuhl, konnte nichts erkennen, und einen Moment lang glaubte er, der Wolf sei verschwunden. Er war enttäuscht, aber auch ein kleines bisschen erleichtert.

„Wo ist er denn?“, flüsterte Tapf Eins.

„Hier bin ich doch“, knurrte es hinter ihnen. Sie fuhren herum. Der Wolf stand jetzt steifbeinig auf dem Gras. Er hielt den Kopf gesenkt, sein Nackenfell wirkte dicht und struppig. Er hechelte und der intensive, scharfe Wolfsatem aus seiner Schnauze betäubte P.F.O.T.E. beinahe. Er sah besorgt auf den kleineren Tapf Eins. Aber der wich keinen Zentimeter zurück. Vielmehr stolzierte er mit kräftigen Schritten direkt auf den Wolf zu. „Ich bin sehr froh, dass ich dich gefunden habe“, sagte er.

„Warum?“, fragte der Wolf.

„Weil ich ein …“ Tapf Eins brach ab.

„Weil du was…?“, fragte der Wolf ernsthaft interessiert.

„Ich … ich habe eigentlich immer gedacht …“

P.F.O.T.E. hielt es nicht mehr aus. „Er ist nämlich auch ein Wolf, so wie du. Er sieht nur nicht so aus. Dafür kann er aber nichts.“

Tapf Eins sah zu Boden. Gleich würde der Wolf in hämisches Gelächter ausbrechen. Oder er würde blitz-und-donner-wütend werden, weil P.F.O.T.E. ihn mit einem Mops verglichen hatte.

Aber der Wolf schwieg eine ganze Weile. Es war nichts zu hören bis auf das pfeifende Atmen des Mopses, der durch seine platte Nase schlecht Luft bekam, besonders, wenn er aufgeregt war.

Schließlich wandte sich der Wolf direkt an Tapf Eins. „Woher

weißt du, dass du ein Wolf bist?“, fragte er ihn sehr sachlich.

„Ich spüre es tief in meinem Inneren“, flüsterte der Mops. „Ich spüre, dass ich im falschen Körper stecke. Dass ich frei sein möchte, durch die Wälder laufen, jagen, heulen …“

Der Wolf senkte die Schnauze. Mit einem Haps hätte er Tapf Eins jetzt im Genick packen und mit ihm in die Nacht davonlaufen können. P.F.O.T.E. fürchtete sich sehr. Aber der Wolf beschnupperte Tapf Eins nur sehr gründlich. Bei der platten Nase fing er an, dann waren die Ohren dran, zuletzt der Rücken und das Hinterteil. Tapf Eins hielt ganz still. Dann richtete sich der Wolf wieder auf.

Einen Moment lang schwieg er. „Kommt mit“, sagte er

schließlich. Er wandte sich um und trottete mit federnden Schritten in den Wald zurück.

Tapf Eins und P.F.O.T.E. sahen einander an.

„Hat er etwa gemeint, dass wir mitkommen sollen?“, fragte Tapf Eins.

„Ich glaube schon.“ P.F.O.T.E. zögerte noch.

Aber Tapf Eins setzte sich schon in Bewegung. „Worauf wartest du?“, rief er. „Es ist so weit! Wir haben ein Rudel!“

Und so folgte ihm P.F.O.T.E., obwohl er in diesem Moment nicht mehr sicher war, ob ein Menschenrudel nicht doch besser zu ihm passte als ein Wolf.

Tapf Eins mochte ja ein Wolf sein. Aber er, P.F.O.T.E., war ganz bestimmt keiner. Er war einfach nur ein normaler Hund. So deutlich wie in diesem Moment hatte er das noch nie gespürt.

10.

Der Wolf trottete voraus. Von Zeit zu Zeit blieb er stehen, wohl um auf die beiden kleinen Hunde zu warten. Er sah sich jedoch nicht ein einziges Mal nach ihnen um.
„Wohin führt er uns?“, wisperte P.F.O.T.E.
Tapf Eins konnte nicht antworten, weil er vollkommen außer Atem war.
P.F.O.T.E. ging alles Mögliche durch den Kopf. Vielleicht führte der Wolf sie jetzt zu seinem Rudel, das die beiden Neuankömmlinge freundlich aufnehmen würde.
Vielleicht führte der Wolf sie auch zu seinem Rudel, das sie begeistert auffressen würde.
„Tapf“, winselte er wieder. „Wir sollten vielleicht lieber umkehren!“
Aber Tapf Eins reagierte nicht. Er trabte wie an einem unsichtbaren Faden gezogen hinter dem Wolf her. Wolken trieben am Mond vorbei. Manchmal war es so dunkel, dass sie mit den Nasen beinahe gegen Baumstämme stießen, gleich darauf

wieder lag das bläuliche Mondlicht über der Landschaft und die Pflanzen und Felsen waren zumindest schemenhaft zu erkennen. Es war unheimlich. Unheimlich schön.

Nichts konnte ihnen geschehen, solange der Wolf auf sie aufpasste.

Falls der Wolf auf sie aufpasste.

Falls der Wolf nicht selbst die größte Gefahr war.

Der Weg führte stetig bergauf. Den Wolf schien es nicht die geringste Anstrengung zu kosten. Er schwebte geradezu dahin

und das eine oder andere Mal fragte sich P.F.O.T.E. ernsthaft, ob er überhaupt ein Wesen aus Fleisch und Blut war. Vielleicht war er doch nur ein Geist? Leider hatten Janne und Flip ihm ab und zu Geistergeschichten erzählt. Das sah den Menschen ähnlich: Wenn es gerade nichts gab, wovor sie sich fürchten mussten, dann erfanden sie sich einfach etwas.

Gut, dass P.F.O.T.E. das Sprachhalsband nicht mehr trug! Nun musste er sich nie mehr anhören, was für einen Unsinn die Menschen redeten.

Er seufzte schwer.

Endlich erreichten sie eine felsige Anhöhe. Der Wolf wurde langsamer. Er sprang auf einen erhöhten Felsblock und wandte sich nach den beiden Hunden um.

„Ihr seid noch da“, stellte er fest.

„Natürlich“, sagte Tapf Eins und fiel vor Erschöpfung einfach um.

Der Wolf musterte die beiden Hunde eine Weile, ohne etwas zu sagen.

P.F.O.T.E. machte sich Sorgen.

Sicher hatte der Weg den Wolf hungrig gemacht.

Sicher sahen Tapf Eins und P.F.O.T.E. appetitlich aus.

Jedenfalls konnten sie nicht mehr davonlaufen. Sie waren viel zu müde.

P.F.O.T.E. legte sich hin und und ergab sich in sein Schicksal.
„Kommt zu mir", sagte der Wolf. „Ich möchte euch etwas zeigen."
Mühsam rappelten sich die beiden Hunde wieder auf die Beine und humpelten bis zu dem Steinblock, auf dem der Wolf stand.
„Hier herauf", kommandierte der Wolf.
P.F.O.T.E. machte einen langen Satz und stand neben dem Wolf. Aber Tapf Eins schaffte es nicht. Seine Beine waren zu kurz. Er blieb erschöpft und mit gesenktem Kopf sitzen.
Da fasste der Wolf mit der Schnauze nach unten und packte Tapf Eins im Genick. P.F.O.T.E. wurde vor Schreck schwarz vor Augen, aber der Wolf hob den Mops ganz vorsichtig hoch und setzte ihn sanft neben sich auf dem Felsen ab.
Tapf Eins war ganz stumm und seine Augen traten kugelrund aus ihren Höhlen.
„Seht euch um", sagte der Wolf.
Vor ihnen lag ein weites Tal.
Durch das ganze Tal ergossen sich Tausende und Abertausende Lichter – weiße, gelbe, bläuliche, orangefarbene, rote, blaue, Lichterstränge, blinkende und funkelnde Lichter, Lichter, die sich schnell oder langsam dahinbewegten. Es war wunderschön.

„Eine Stadt“, stellte P.F.O.T.E. fest. „Das ist eine sehr große Stadt.“

„Ja“, sagte der Wolf. „Menschen.“

Tapf Eins schwieg. Man hörte ihn nur schwer atmen.

Der Wolf seufzte. „Menschen sind da unten. So viele Menschen. Sie sind überall. Es sind viele, sehr, sehr viele. Keiner von ihnen darf mich sehen. Keinem darf ich mich nähern. So wie dieses Tal aussieht, so sieht die ganze Welt aus. Überall ist alles voller Menschen. Jedenfalls in dem Teil der Welt, den ich durchstreift habe. Und ich bin weit gelaufen.“ Er wandte sich direkt an Tapf Eins. „Die Welt gehört längst nicht mehr uns Wölfen“, sagte er. „Sie gehört den Menschen. Wir sind nicht mehr frei. Wir sind immer auf der Flucht vor ihnen.“

„Aber die Menschen hier tun den Wölfen nichts“, sagte P.F.O.T.E., der sich an die Worte des Jägers erinnerte.

Der Wolf lachte leise. „Ja, solange wir nichts tun, was sie stört, tun sie uns auch nichts. Aber viele von uns werden auf den Straßen getötet, von ihren Autos. Es gibt keine großen Wälder mehr, die wir durchstreifen könnten. Überall sind die Wälder zerschnitten.“

„Autos sind gefährlich“, stimmte P.F.O.T.E. zu. „Meine Freundin, die Katze, hatte eine Tante, die …“

Aber der Wolf hörte nicht zu.

„Und die Menschen jagen uns, wenn wir ihre Schafe fressen", fuhr er fort. „Dabei haben sie so viele davon."

„Dann solltest du einfach keine Schafe fressen", meinte P.F.O.T.E.

Der Wolf lachte kurz auf, dann schwieg er wieder.

P.F.O.T.E. zögerte. „Überhaupt, was … was frisst du denn normalerweise so?"

Der Wolf sah in die Ferne. Auch drüben auf den Bergkuppen blinkten rote Lichter. Sie stammten von den Windrädern, die hoch in den Himmel ragten. Plötzlich kamen P.F.O.T.E. auch diese Lichter bedrohlich vor. Als hätten die Menschen nicht nur den ganzen Boden, sondern sogar den Himmel für sich allein besetzt.

„Darüber spricht man nicht", sagte der Wolf sehr bestimmt. „Wer hungrig ist, der sucht, jagt, tötet und frisst. Darüber denkt man auch nicht nach. Es wäre, als wollte man darüber nachdenken, ob es regnet oder schneit. Daran lässt sich nun einmal nichts ändern."

„Aber du könntest etwas fressen, was niemanden stört", sagte P.F.O.T.E.

„Zum Beispiel?"

„Zum Beispiel Wildschweineier."

Der Wolf wandte sich ihm zu und runzelte die Stirn. „Was?"

„Es gibt keine Wildschweineier“, sagte Tapf Eins schwach von hinten. „Das habe ich nur so gesagt.“

„Aber du hast doch …“

„Sei still.“

P.F.O.T.E. schwieg beleidigt.

Der Wolf sah wieder hinunter auf die Lichter.

„Ich fresse ja gar nicht besonders gern Schafe“, sagte er. „Die Wolle kitzelt so im Hals. Aber manchmal kann ich in so einem Moment eben nicht nachdenken.“

„Würdest du in – so einem – Moment – auch uns fressen?“, fragte P.F.O.T.E. misstrauisch.

„Weiß ich doch jetzt nicht“, sagte der Wolf ungeduldig. Er witterte in Richtung Tapf Eins. „Dieser Hund da riecht jedenfalls so, als könnte ich ihn nicht fressen. Ich weiß nicht, woran das liegt.“

P.F.O.T.E. fand das wenig beruhigend.

„Würdest du auch Menschen fressen?“, bohrte er.

Der Wolf sah ihn mit gelben, tiefen Augen an.

„Niemals. Wer Böses frisst, wird selber böse. Wer Menschen frisst, der wird davon so böse wie der Mensch. Das haben schon meine Vorfahren gewusst und deren Vorfahren bis hin zu unseren ältesten Ahnen.“

„Aber die Menschen sind nicht alle böse“, widersprach

P.F.O.T.E. gekränkt. „Meine Menschen sind richtig nett und hilfsbereit und holen immer etwas Gutes aus dem Kühlschrank, wenn Besuch kommt.“
„Du kannst es doch gar nicht beurteilen“, sagte der Wolf von oben herab. „Du bist nur ein Hund.“
Er warf dem Mops einen verschwörerischen Blick zu.
P.F.O.T.E. sah Tapf Eins hilfesuchend an. Der Mops hatte von den Menschen schon so oft etwas Leckeres zu fressen bekommen. Sie hatten ihm eine Hütte gebaut und ein Mäntelchen für den kalten Winter besorgt. Und Flip war richtig nett zu ihm.
Aber der Mops räusperte sich und sagte: „Man kann sogar den Lärm der Menschen hören.“
P.F.O.T.E. war klar, dass sein Freund nur vom Thema ablenkte. Aber alle drei schwiegen eine Weile und tatsächlich hörte man das Dröhnen der Autos aus dem Tal bis hier herauf.
„Ich würde jetzt gerne eine Runde mit euch heulen“, sagte der Wolf dann plötzlich. Er wirkte beinahe verschämt. „Dann könnt ihr nach Hause gehen.“
„Ich habe kein Zuhause“, sagte der Mops.
P.F.O.T.E. schwieg. Er dachte an Janne und Flip und sein Körbchen und das Bällchen.
Der Wolf hob den Kopf, reckte die Schnauze in die Luft

und fing an zu heulen. Sein Gesang hallte durch die Nacht, schwang sich über das Tal hinweg, verlor sich in der Ferne.

P.F.O.T.E. lauschte auf eine Antwort aus der Ferne.

Aber nur der Mops stimmte ein. Er setzte sich auf die Hinterbeine, schloss die Augen, legte den Kopf zurück und heulte so herzerweichend, dass P.F.O.T.E. ganz weiche Knie bekam. Die eben noch so ruhige Nacht war erfüllt vom Geheul. Wolf und Mops sangen gemeinsam ein trauriges, sehnsüchtiges Lied für den Mond und den Wald und die Dunkelheit der Nacht.

P.F.O.T.E. verstand es ganz genau. Aber er konnte ja leider nicht mitheulen.

11.

Der Wolf war verschwunden.
So wie er aufgetaucht war, so war er auch wieder fortgegangen. Wortlos, geräuschlos. Nur sein scharfer Geruch hing noch in der Luft und verwehte allmählich.
„Wo ist er hingegangen?“, fragte P.F.O.T.E.
Aber Tapf Eins antwortete nicht. Er starrte in die Dunkelheit.
„Ich bringe dich nach Hause“, sagte er dann.
„Wieso bringst du mich nach Hause?“, fragte P.F.O.T.E. „Und welches Zuhause meinst du überhaupt?“ Er war so müde, dass er kaum mehr eine Pfote vor die andere setzen konnte. Aber Tapf Eins wirkte wie neugeboren. Er sprang vor P.F.O.T.E. her den Berg hinunter, wandte sich von Zeit zu Zeit um und rief ungeduldig: „Kommst du?“
P.F.O.T.E. hatte Mühe, ihn einzuholen. Als er endlich neben dem Mops hertrabte, konnte er seine Neugier nicht mehr im Zaum halten.
„Wie findest du ihn?“, fragte er. „Hast du dir ihn so vorgestellt?

Warum ist er verschwunden? Meinst du, wir sehen ihn jemals wieder?"

Der Mops hopste über einen dicken Ast. „Ich gehöre jedenfalls zu seinem Rudel", sagte er zufrieden.

„Aber er hat doch überhaupt kein Rudel."

„Eben. Jetzt hat er eines. Mich."

„Aber ..." P.F.O.T.E. wich einem tief herunterhängenden Ast aus. Er bremste kurz, schnüffelte an einer Wurzel, rannte dann wieder weiter.

„Wir haben miteinander geheult", erklärte der Mops voller Stolz. „Jetzt kann uns nichts mehr trennen."

„Und was ist mit mir?", fragte P.F.O.T.E. gekränkt. „Ich bin doch dein Freund."

„Ja, schon. Aber du kannst nicht heulen. Das ist was anderes."

„Ich kann es vielleicht lernen."

Doch der Mops machte ihm keinen Mut. Er rannte einfach weiter. „Ich habe einen Riesenhunger", sagte er.

Dann hielt er wieder an und schnupperte nach links und rechts.

„Hier könnte irgendwo ein Wildschweinnest sein."

„Ein Nest?"

„Mit Eiern natürlich. Wildschweineier wären jetzt genau das Richtige."

„Aber …“ P.F.O.T.E. zögerte. „Du hast doch gesagt, es gibt in Wirklichkeit gar keine.“

„Na und?“

P.F.O.T.E. wusste nicht, was er davon halten sollte. Aber dann beschloss er, sich nicht weiter Gedanken darüber zu machen.

„Im Garten des kleinen Hauses wachsen Erdbeeren“, sagte er. „Bestimmt sind noch welche da, wenn wir ankommen. Findest du überhaupt den Weg?“

Der Mops überlegte und sah sich nach allen Richtungen um. „Nein“, gab er schließlich zu. „Du vielleicht?“

„Klar!“, rief P.F.O.T.E. stolz. „Ich bin schließlich ein fast perfekter Hund. Ich habe einen perfekten Orientierungssinn. Ich finde das Haus ganz problemlos!“

„Na dann geh vor“, brummte der Mops.

Aufgeregt stürmte P.F.O.T.E. an ihm vorbei. Er reckte die Nase in die Luft und atmete tief ein. Er drehte sich um sich selbst. Er schnappte nach einem Nachtfalter, aber dann konzentrierte er sich wieder.

„Nach da“, stellte er fest und rannte schräg nach links.

„Den Weg hätte ich sowieso genommen“, rief der Mops ihm nach, aber dann setzte er sich in Bewegung und galoppierte hinterher.

Der Morgen dämmerte, als die beiden den verwilderten Gar-

ten erreichten. P.F.O.T.E. hatte so ein komisches Gefühl, als käme er nach Hause. Nur seine Menschen fehlten!

Wie gerne er jetzt den Kindern von seinem Abenteuer mit dem Wolf erzählt hätte. Sie würden sich Sorgen um ihn machen. Sie würden ihn bitten, nie wieder mit einem Wolf mitzugehen.

„Wie war das jetzt mit dem Futter?“, fragte Tapf Eins. „Wo wächst es noch mal?“

Pfote zeigte ihm das Erdbeerbeet. Sie teilten sich die letzten Früchte, dann zogen sie sich auf ihre Schlafplätze zurück. P.F.O.T.E. war hundewolfsmüde.

Und er hatte Heimweh.

„Ich fürchte, ich bin kein guter Wolf“, winselte er im Halbschlaf vor sich hin.

Aber der Mops hörte ihn nicht. Er war schon eingenickt.

Die Hunde hatten nur wenige Stunden geschlafen, als wieder ein Auto vorfuhr.

Diesmal kannte P.F.O.T.E. das Geräusch.

Der Mops stand schon in der Schuppentür. „Versteck dich!“, rief er. „Es sind deine Menschen!“

Nur einen winzigen Moment lang dachte P.F.O.T.E. daran, wieder wegzulaufen. Aber dann fing sein Schwanz wie von selbst an zu wedeln, überschäumende Freude erfüllte ihn, aus seiner Kehle drang ein glückliches Kläffen und

er rannte wie ein abgefeuertes Geschoss in Richtung des heranrollenden Autos.

Kaum hatte es angehalten, klappte eine der hinteren Türen auf und Janne kletterte ins Freie.

„P.F.O.T.E.!“, rief sie laut. Aber da sprang er schon in ihre Arme. Er leckte ihr quer über das Gesicht, das heute ungewohnt salzig schmeckte, und fing sofort an zu erzählen. Aber sie verstand ihn natürlich nicht.

Flip stand jetzt neben seiner Schwester. Er hielt das Halsband in der Hand.

P.F.O.T.E. zögerte. Er sah sich nach Tapf Eins um, in dessen Blick tiefste Verachtung lag. P.F.O.T.E. befreite sich aus Jannes Umarmung und begrüßte jetzt Flip, wich jedoch seiner Hand mit dem Halsband aus.

„Du gehst sowieso mit ihnen mit“, grollte Tapf Eins. „Du bist nun mal kein Wolf. Du kannst kein bisschen heulen. Und du vermisst die Menschen zu sehr. Du bist, leider muss ich das klipp und klar sagen, einfach ein Hund.“ Er seufzte bedauernd, dann wandte er sich um und trabte zurück in den Schuppen.

P.F.OT.E. senkte den Kopf. Er schämte sich.

Und gleichzeitig freute er sich unbändig.

Er stellte schnell fest, dass es viel schöner war, sich zu freuen, als sich zu schämen.

Also hörte er einfach auf, sich zu schämen.
Er freute sich nur noch.
Er sprang an Flip hoch und dann auch an den Eltern von Janne und Flip. Dann ließ er sich geduldig das Halsband umlegen.
„Aber ihr dürft mich nicht mehr einfach so festbinden! Sonst laufe ich weg und werde ein Wolf, für immer!"
Er hörte Tapf Eins im Hintergrund verächtlich schnauben.
„Versprochen", sagte Janne.
„Na ja", meinte der Vater vorsichtig. „Manchmal geht es ja nicht anders."
P.F.O.T.E. zögerte.
Der Vater bückte sich zu P.F.O.T.E. hinunter und streichelte ihm sanft über den Kopf.
„Es tut mir leid" sagte er. „Du kannst ja wirklich nichts dafür, dass wir unser Haus verlieren und dass es so schwierig ist, etwas Neues zu finden. Natürlich kommst du mit, egal, wohin wir ziehen."
P.F.O.T.E. wedelte vorsichtig mit dem Schwanz.
P.F.O.T.E. sah sich um. „Ihr dürft auch Tapf Eins nicht einsperren. Er ist nämlich ein Wolf. Und jetzt hat er einen echten Wolf zum Freund."
Die Eltern tauschten besorgte Blicke.

„Ich meine, Tapf Eins sollte sich vom Wolf fernhalten", sagte die Mutter. „Er ist gefährlich. Der Wolf, meine ich. So ein Wolf frisst auch leicht mal einen kleinen Hund ratzeputz auf."

„Den hier nicht", versicherte P.F.O.T.E. „Hat er jedenfalls gesagt."

„Wer hat das gesagt? Tapf Eins?"

„Nein. Der Wolf."

„Das musst du uns gleich näher erklären", sagte der Vater. Er sah sich um. „Zum Glück hat Frau van Bömmel dich hier gesehen und uns gleich angerufen. Das hier ist übrigens das Haus, das sie von ihrer Tante geerbt hat."

„Dann zieht sie also mit Pipette hier ein?", fragte P.F.O.T.E. ein bisschen neidisch.

„Nein. Sie will hier nicht wohnen. Es liegt für sie zu weit außerhalb."

„Aber so weit außerhalb liegt es gar nicht", wandte die Mutter ein. „Es ist einfach nur das letzte Haus am Stadtrand. In zweihundert Metern gibt es sogar eine Bushaltestelle."

„Und um die Ecke von der Bushaltestelle gibt es einen Dönerladen!", ergänzte Janne.

„Und einen richtigen Briefkasten", rief Flip.

„Für Frau van Bömmel ist es nicht geeignet", sagte der Vater. „Sie fährt nicht gern Auto und sie hat Angst im Wald."

„Aber im Wald ist doch gar nichts Gefährliches“, sagte Flip lachend. „Nur ein kleiner Wolf.“

„Der Wolf ist überhaupt nicht klein, aber er frisst keine Menschen“, erklärte P.F.O.T.E. „Wer etwas Böses frisst, wird selber böse. Hat er uns erklärt.“

„Ich sehe mir das jetzt mal an“, sagte der Vater. „Wer kommt mit?“

„Wir können es nicht kaufen“, sagte die Mutter schnell.

„Weiß ich. Aber ansehen kostet nichts.“

P.F.O.T.E. zeigte seiner Familie die Terrasse, den Schaukelstuhl, den Platz, an dem er den Knochen vergraben hatte, und schließlich den Schuppen, in dem Tapf Eins wieder schlummerte, vollkommen erschöpft nach den Abenteuern der vergangenen Nacht.

„Tapf Eins!“, rief P.F.O.T.E. „Wach auf!“

Aber Flip drängte an ihm vorbei und stürzte sich auf den Mops. Er versuchte, ihn zu packen und hochzuheben, aber Tapf Eins wehrte sich mit allen vieren.

„Sag ihm“, keuchte er, „sag ihm, dass er mich nicht anfassen darf. Sonst stinke ich nach Menschen und der Wolf kann nicht mehr mein Freund sein.“

„Er sagt, du sollst ihn lieber nicht anfassen, weil er Flöhe hat“, übersetzte P.F.O.T.E.

Eigentlich sagte er als fast perfekter Hund fast immer die Wahrheit. Aber wenn es darum ging, seine besten Freunde nicht zu kränken, konnte er doch ein kleines bisschen flunkern.
Flip machte einen Satz nach hinten und begann sofort, sich am Schienbein zu kratzen.
„Wir müssen ihn gleich baden, wenn wir nach Hause kommen“, schlug er vor.
Dann rannte P.F.O.T.E. mit Janne durch den Garten. Sie sahen in den kleinen Teich, in dem zahlreiche Schnakenlarven leb-

ten, rochen an den Rosen und stöberten im Schuppen herum, in dem es nach interessanten, alten, muffigen Dingen duftete. Die Eltern traten ans Haus. Eine Eidechse huschte in einen Mauerspalt. Die hölzernen Fensterläden, von denen die Farbe abblätterte, waren geschlossen, sodass man nicht durch die Scheiben spähen konnte. Die Mutter sah am Haus hoch und seufzte.

„Es ist nicht groß, aber es würde für uns reichen."
„Vergiss es", sagte der Vater. „Wir können es uns nicht leisten. Außerdem liegt es für die Kinder nicht günstig. Sie hätten einen sehr weiten Schulweg."
„Und außerdem können wir es uns nicht leisten", wiederholte die Mutter traurig. Sie drehte sich um und kam zurück in den Garten. „Raus aus dem Schuppen!", rief sie laut. „Man weiß nicht, was da alles herumsteht!"
„Ja eben", kam die begeisterte Antwort.
„Jedenfalls kommt ihr jetzt besser mit. Wir haben gedacht, Tapf Eins bekommt erst einmal eine ordentliche Mahlzeit bei uns zu Hause und dann bringen wir ihn wieder an den Fluss, zu seiner Hütte. Wenn er möchte."
P.F.O.T.E. rannte in den Schuppen zu Tapf Eins, der sich platt auf sein Kissen drückte und die Kinder, die in den alten Geräten herumgruben, misstrauisch beobachtete.
„Du kannst mit zu uns kommen", rief er fröhlich. „Dann kriegst du eine Menge Futter, bevor du wieder an den Fluss gehst."
Tapf Eins schwieg.
„Du musst auch gar nicht wieder an den Fluss", setzte P.F.O.T.E. schnell hinzu. „Ich glaube, du könntest auch eine Weile bei uns bleiben."

Jetzt setzte sich Tapf Eins hin und sah P.F.O.T.E. direkt in die Augen.

„Ich komme nicht mit“, sagte er. „Ich bin ein Wolf, das weißt du doch. Und nun, wo ich mein Rudel gefunden habe, werde ich mit ihm im Wald leben.“

„Aber es ist kein Rudel“, jaulte P.F.O.T.E. entsetzt. „Es ist nur ein einzelner Wolf.“

„Wir werden auf unseren weiten Wanderungen noch andere Wölfe treffen“, erklärte Tapf Eins.

„Und wenn der Wolf dich doch noch fressen will?“

„Das wird er nicht tun. Wir haben zusammen geheult, das weißt du doch.“

„Aber …“ P.F.O.T.E. wusste nicht, was er sagen sollte. Er senkte den Kopf, legte die Ohren an und klemmte den Schwanz zwischen die Hinterbeine. Er wusste, dass Tapf Eins zu kurze Beine hatte, um mit einem Wolf mitzulaufen. Und dass es gefährlich war, andere Wölfe zu treffen, mit denen er noch nicht geheult hatte.

Aber er konnte Tapf Eins nicht von seinem Plan abbringen. Als Mops hatte der einen undurchdringlichen Dickschädel.

Er zögerte, dann leckte er Tapf Eins einmal kurz über die Schnauze, drehte sich um und rannte ins Freie.

„Tapf Eins kommt nicht mit“, berichtete er niedergeschlagen.

„Er wird mit dem Wolf weiterziehen.“

„Neiiiiin!“, schrie Flip. Er stürzte in den Schuppen, rannte direkt zum Gartenstuhl, auf dem Tapf Eins lag, und wollte ihn packen.

Aber Tapf Eins reagierte verblüffend schnell. Er sprang auf den Boden, huschte durch den Wald aus Hacken- und Spatenstielen, stieß polternd einen alten Sonnenschirm um und gelangte ins Freie. Dort blinzelte er kurz in die Sonne und galoppierte dann in kräftigen Sätzen, wie man sie einem Mops niemals zugetraut hätte, in Richtung Unterholz.

„Tapf Eins!“, heulte Flip. „Bleib hier!“

„Tapf Eins!“, riefen jetzt auch die anderen drei Menschen durcheinander. „Komm zurück, Tapf!“

Aber Tapf Eins kümmerte sich nicht um sie. Er sah sich überhaupt nicht um. Tapf Eins war kein Menschendiener. Er hatte weder Herrchen noch Frauchen und ließ sich von niemandem etwas befehlen, denn er war ein Wolf, und endlich würde er frei unter anderen Wölfen leben.

12.

P.F.O.T.E. war wieder zu Hause.

Der Wolf hatte ihn nicht gefressen, und die Kinder hatten ihm versprochen, dass sie ihn nur in Notfällen anbinden oder einsperren würden.

Aber P.F.O.T.E. war nicht so fröhlich wie zuvor.

Tapf Eins, der grantige, ewig hungrige kleine Mops, fehlte ihm.

Wann immer es möglich war, rannte P.F.O.T.E. zum Fluss, um nachzusehen, ob Tapf Eins nicht doch zurückgekommen war. Aber er traf immer nur die Katze an. Die lebte nun wieder ganz alleine.

„Das macht mir gar nichts aus“, behauptete sie allerdings. „Katzen können sehr gut alleine sein. Es liegt in ihrer Natur.“

Aber P.F.O.T.E. konnte ihr nicht glauben. Oft lagen sie nebeneinander am Ufer und dachten an Tapf Eins. Die Katze traute dem Wolf überhaupt nicht. „Bestimmt hat er nur so

getan, als sei er freundlich“, murmelte sie düster. „Wenn Tapf Eins nicht aufpasst, dann frisst er ihn doch auf.“
P.F.O.T.E. wusste nicht, was er denken sollte.
„Tapf Eins ist nicht dumm“, meinte er nur. „Wenn der Wolf sich merkwürdig benimmt, kommt er bestimmt zurück.“
„Wenn es dann nicht zu spät ist“, sagte die Katze. „Mit seinen

kurzen Beinen kann er dem Wolf doch niemals davonlaufen." Sie seufzte. „Gut, dass du zurückgekommen bist."

„Wir haben immer noch kein neues Haus", sagte P.F.O.T.E.

„Braucht ihr denn unbedingt eins?", wollte die Katze wissen.

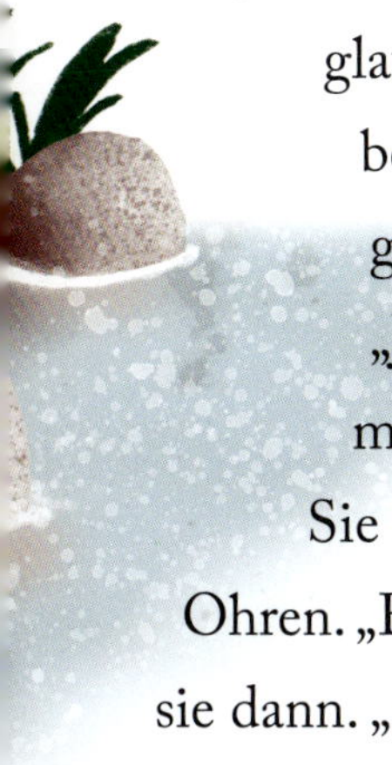

„Ich weiß nicht", sagte P.F.O.T.E. „Ich glaube schon. Ich glaube, Menschen können nicht einfach im Wald leben. Da haben sie ja keine Schränke, in die sie ihre ganzen Sachen legen können."

„Ja, sie haben viel zu viele Sachen, diese Menschen", murmelte die Katze. „Das ist ihr Problem."

Sie leckte sich die Vorderpfote nass und wusch sich die Ohren. „Es ist eins ihrer vielen, vielen Probleme", berichtigte sie dann. „Sie haben eine ganze Menge davon. Kein Fell. Gefährliche Autos überall. Klettern können sie auch nicht vernünftig. Na, ich bin wirklich froh, dass ich eine Katze bin." Aber besonders froh wirkte sie gar nicht.

„Ich muss nach Hause", sagte P.F.O.T.E. „Sonst machen sich die Kinder Sorgen." Er rappelte sich auf. „Komm doch mit." Aber die Katze lehnte ab. „Zu viele Autos", sagte sie. „Zu viele Menschen."

„Ich komme morgen wieder", versprach P.F.O.T.E.

„Ja, komm nur, wenn du dich einsam fühlst", sagte die Katze leichthin.

P.F.O.T.E. trottete nach Hause.

Er kannte sich in der Stadt inzwischen sehr gut aus. Auf belebteren Wegen hielt er sich gerne dicht an irgendwelche fremden Passanten. Die anderen Menschen hielten diese dann für seine Herrchen und Frauchen. P.F.O.T.E. benutzte Zebrastreifen und Unterführungen, und nur ganz selten machte er einen kleinen Schlenker zur Eisdiele, weil er immer

noch hoffte, jemandem könne dort sein Eis aus der Waffel fallen.

Als er in die Straße einbog, in der er wohnte, hörte er ein hohes Kläffen: „P.F.O.T.E.! Komm doch mal bitte zu mir, P.F.O.T.E.!“

Es war Pipette. Sie stand hinter ihrem Zaun und sah anders aus als sonst. Erst als P.F.O.T.E. vor ihr stand und sie genauer betrachtete, wurde ihm klar, woran das lag: Sie hatte nur eine einzige Schleife im Fell und wirkte insgesamt struppig und ungepflegt.

„Wo ist Tapf Eins?“, jaulte Pipette. „Ich habe ihn gar nicht mehr gesehen. Er fehlt mir. Mein Frauchen hat gerade wenig Zeit für mich.“

„Das weißt du noch gar nicht?“, rief P.F.O.T.E.

„Nein.“

Da erzählte P.F.O.T.E. Pipette, dass Tapf Eins mit dem Wolf davongezogen war. Aber dann fiel ihm ein, dass gute Gedanken sich viel angenehmer anfühlten als traurige. „Bestimmt kommt er bald wieder“, setzte er also rasch hinzu. „Er hält es sicher nicht auf die Dauer bei den Wölfen aus.“

„Werden die Wölfe ihn nicht fressen?", fragte Pipette besorgt.

„Ich glaube nicht", sagte P.FO.T.E. Aber es klang wohl nicht so richtig überzeugt, denn Pipette ließ die Ohren hängen und starrte ihn unglücklich an.

„Und du stehst hier herum und tust gar nichts, um ihn zurückzuholen?", jaulte sie.

„Man kann ihn nicht zurückholen", erklärte P.F.O.T.E. „Er ist ein freier Hund. Wolf. Mops. Er tut nur das, was er möchte."

„Du traust dich nicht", warf Pipette ihm vor. Sie wich ein paar Schritte zurück, als habe er eine ansteckende Krankheit. „Du bist zu feige. Du hast Angst vor den Wölfen."

„Hab ich nicht", protestierte P.F.O.T.E. „Ich war ja sogar mit Tapf Eins beim Wolf. Aber es hat keinen Sinn. Tapf Eins will bei seinem Wolfsrudel bleiben."

„Hast du ihm denn gesagt, dass er dir fehlen wird?", heulte Pipette.

„Klar!", rief P.F.O.T.E. Dann überlegte er. „Na ja, so irgendwie schon", fügte er vorsichtiger hinzu. „Er hat es bestimmt verstanden." Dann versuchte er schnell, das Thema zu wechseln.

„Warum hat dein Frauchen denn so wenig Zeit für dich?"

„Ich weiß es nicht", sagte Pipette.

„Wahrscheinlich sucht sie ein neues Haus", vermutete P.F.O.T.E. „Weil ihr hier ausziehen müsst."

„Geht doch gar nicht …“, fing Pipette wieder an.
„Ich muss nach Hause“, sagte P.F.O.T.E. schnell. „Wir sehen uns.“
„Ja, vielleicht“, murmelte Pipette.
Als P.F.O.T.E. davontrabte, stand der kleine, zerzauste Hund noch immer im Garten und starrte in die Ferne.

Als P.F.O.T.E. den Gartenweg hinunterkam, riss ihm der Vater schon die Tür auf. „Komm schnell rein!“, rief er. „Tapf Eins ist im Fernsehen!“
P.F.O.T.E. stürmte ins Wohnzimmer. Die ganze Familie stand da und starrte gebannt auf den kleinen Bildschirm.
P.F.O.T.E. setzte sich vor sie und sah genau hin. Er hatte oft Mühe, Dinge, die im Fernsehen gezeigt wurde, zu erkennen, weil sie so klein aussahen und weil ihnen der Geruch fehlte.
„Das ist ein Foto von einem Wolf“, sagte die Mutter. „Und bei diesem Wolf befindet sich ein schwarzer Mops. Siehst du ihn? Ein Wanderer hat die beiden gesehen.“
Sie sah P.F.O.T.E. forschend an.
„Dann ist ja alles gut“, sagte P.F.O.T.E. „Tapf Eins hat den Wolf gefunden und der Wolf hat ihn nicht gefressen. Jetzt können die beiden jede Nacht zusammen heulen.“
Merkwürdigerweise freute er sich aber gar nicht.

„Das kann auf die Dauer nicht gut gehen", sagte der Vater düster. „Irgendwann wird der Wolf weiterziehen, und dann kann er keinen kleinen Hund mitnehmen. Ein Wolf kann über siebzig Kilometer am Tag laufen. Das schafft Tapf Eins einfach nicht."

„Dann kommt er eben wieder zurück", sagte Flip trotzig. „Er muss ja nicht beim Wolf bleiben."

Er drehte sich um und marschierte aus dem Raum.

„Und was ist, wenn der Wolf Schafe reißt?", fragte die Mutter besorgt. „Dann jagt man ihn. Und Tapf Eins gilt als wildernder Hund und kann geschossen werden."

„Der Wolf frisst keine Schafe", sagte P.F.O.T.E. schnell. „Weil die Wolle im Hals kitzelt."

Die Eltern runzelten ungläubig die Stirn.

„Hab ich mir gleich gedacht", sagte Janne. Sie drehte sich um und ging ebenfalls aus dem Raum.

„Gut, dass du nicht beim Wolf geblieben bist, P.F.O.T.E.", sagte die Mutter. „Was würden wir bloß ohne dich machen?"

„Eine schöne Wohnung finden zum Beispiel", sagte P.F.O.T.E. „Das wäre doch ohne mich leichter, oder?"

„Ach, Pfötchen", seufzte die Mutter. Sie drehte sich um und ging aus dem Raum.

„Heute seid ihr alle komisch", stellte P.F.O.T.E. fest.

„Da könntest du recht haben“, bestätigte der Vater und ging ebenfalls.
P.F.O.T.E. trabte zum Fenster. Er sprang auf einen Stuhl, um hinaussehen zu können. Die weißen Blütendolden des Holunders wiegten sich sanft im Wind. Zwei dicke Tauben saßen dicht aneinandergedrängt auf dem Dach des gegenüberliegenden Hauses. Auf dem Bürgersteig zottelte ein kleiner, zerzauster weißer Hund vorbei. Er war ganz allein und sah so aus, als hätte er eine wichtige Aufgabe.
„Pipette?“, bellte P.F.O.T.E. „Wohin gehst du?“
Aber die kleine Hündin konnte ihn offenbar nicht hören.

13.

Frau van Bömmel war außer sich. Seit einer halben Stunde saß sie mit aschfahlem Gesicht am Tisch, hatte ganz gegen ihre Gewohnheit erst drei Kekse gegessen und außer zwei Tassen Kaffee auch einen gelblichen Likör getrunken, den ihr der Vater „für die Nerven“ angeboten hatte.

„Das hat sie noch nie gemacht“, sagte sie zum etwa hundertsten Mal. „Sie ist noch nie weggelaufen. Ich glaube einfach nicht, dass sie es getan hat. Vielleicht ist sie gestohlen worden?“

P.F.O.T.E. durfte nichts dazu sagen. Sein Sprachhalsband war ja geheim, und er durfte es nicht in der Anwesenheit anderer Menschen benutzen.

Er kläffte, packte Jannes Hosenbein und zerrte sie in Richtung Tür.

„Meine Kleine ist viel besser erzogen als Ihr Hund“, schnüffelte Frau van Bömmel mit Blick auf P.F.O.T.E. „Deswegen würde sie auch nicht weglaufen! Ich bin sicher, sie ist entführt worden …“

Janne folgte P.F.O.T.E. in den Flur und schloss die Tür hinter sich. „Was ist denn?“, zischte sie.

„Ich habe Pipette gesehen“, flüsterte P.F.O.T.E. „Sie ist weggelaufen.“

„Wohin denn?“

„Weiß nicht. Vielleicht …“, P.F.O.T.E. zögerte. „Vielleicht Tapf Eins suchen.“

„Ach, das traut sie sich nicht“, sagte Janne schnell. „Sie kommt bestimmt ganz schnell zurück. Sie ist doch viel zu verhätschelt und zu ängstlich.“

„Schon“, gab P.F.O.T.E. zu.

Aber in seinem Gedächtnis hallte Pipettes Frage nach: Warum unternimmst du nichts, um ihn zurückzuholen?

„Mach dir keine Sorgen.“ Janne kraulte P.F.O.T.E. hinter den Ohren. „Die kommt schon zurück.“

„Gut“, sagte P.F.O.T.E.

Menschen waren ja schlau und verstanden oft viel besser, was gerade passierte.

Aber echte Erleichterung verspürte er leider nicht.

Schließlich musste Frau van Bömmel gehen. P.F.O.T.E.s Familie brach auf, denn eine weitere Wohnungsbesichtigung stand an. P.F.O.T.E. fragte gar nicht erst, ob er mitkommen durfte.

„Wir nehmen P.F.O.T.E. mit“, bestimmte die Mutter zu seiner Überraschung.
Der Vater runzelte zuerst die Stirn, dann aber nickte er.
„Du hast recht. Er gehört zu unserer Familie, und wer uns eine Wohnung vermietet, darf das ruhig wissen.“
„Super!“ P.F.O.T.E. sprang auf. „Dann kann ich gleich nachsehen, ob der Garten groß genug ist und wo man in der Nähe am besten spazieren gehen kann.“
Die Eltern warfen einander besorgte Blicke zu, sagten aber nichts. Janne hängte sich die Leine um und P.F.O.T.E. sprang begeistert voraus ins Auto. Er stellte sich mit den Vorder-

pfoten gegen das Seitenfenster und spähte während der ganzen Fahrt hinaus, in der Hoffnung, irgendwo ein kleines, zerzaustes weißes Hündchen zu entdecken. Er sah große, dicke, langhaarige, wütende, fröhliche Hunde, aber nirgendwo eine Spur von Pipette. Ein Schauer überlief ihn.

„Ist dir kalt?", fragte Janne besorgt.

„Nein", sagte P.F.O.T.E. „Ich habe nur etwas Kaltes gedacht."

„Zitroneneis?" Janne grinste.

P.F.O.T.E. sah sich verwirrt um. „Was? Nein. Nein, etwas ganz anderes."

Aber er wollte nicht mehr mit Janne über Pipette sprechen.

Erst nach einer ganzen Weile fiel ihm auf, dass sie immer weiter aus der Stadt hinausfuhren.

„Wo ist die Wohnung denn?“, fragte er.

„Dort oben!“ Der Vater deutete auf einen Hügel hinter der Stadtautobahn, auf dem sich unzählige hohe weiße Wohnblocks dicht aneinanderdrängten.

„Kann nicht sein“, sagte P.F.O.T.E. automatisch, vielleicht, weil er so viel an Pipette gedacht hatte. „Da ist es doch gar nicht schön.“

„Das kannst du von hier aus überhaupt nicht sehen“, sagte die Mutter schnell.

„Doch“, sagte Janne.

„Genau“, bestätigte Flip.

„Nächstes Mal könnt ihr gern alle zu Hause bleiben“, sagte der Vater ärgerlich. „Ihr seid wirklich keine Hilfe.“

Die Mutter lenkte das Auto um eine weite Kurve mitten zwischen die Häuser. Sie parkte vor einem grauen, verlassenen Einkaufszentrum. Einige Jugendliche saßen auf Bänken herum, warfen kurz finstere Blicke auf die Ankömmlinge, sahen dann aber gleich wieder auf ihre Handys. Es roch nach Bier und Kaugummis und alten Tauben.

„Welches ist es denn nun?“ Die Mutter sah sich hilflos um.

„Die dreihundertsechzig.“ Auch der Vater blickte ratlos hin und her. „Eigentlich müsstest du hier an die Leine, P.F.O.T.E., aber wenn du versprichst, dicht bei uns zu bleiben, dann geht es auch so.“

„Versprochen.“

Sie näherten sich einem der riesigen Wohnblocks. Überall stand und lag Müll herum: vergammelte Sessel, ein Bettgestell, ein kaputter Fernseher, ein Fahrrad ohne Sattel und Lenker, ein halb aufgerissener, schmuddeliger Kleidersack.

„Ich will hier nicht wohnen“, sagte Janne.

„Jetzt lasst uns wenigstens nachsehen", sagte die Mutter, aber P.F.O.T.E. konnte genau hören, dass auch sie nicht hier wohnen wollte.

Sie fuhren mit dem Aufzug in den siebten Stock. Den Aufzug fanden P.F.O.T.E., Janne und Flip lustig, und sie wären gerne noch ein bisschen auf und ab gefahren. Aber die Mutter nahm Flip an der Hand und sagte zu Janne. „Komm jetzt. Und mach nicht so ein Gesicht."

Der Vater ging voraus durch den dunklen, muffigen Flur und suchte nach der richtigen Tür. „Bestimmt ist die Aussicht von hier oben gut", sagte er dabei aufmunternd.

„Ich will hier nicht wohnen", sagte Flip.

Die Mutter klingelte, und fast in derselben Sekunde öffnete eine grell geschminkte Frau im altrosa Kostüm die Tür, schüttelte den Eltern die Hände und winkte den Kindern zu. „Hallo! Das ist ja schön, dass die ganze Familie mitgekommen ist!" Dann entdeckte sie P.F.O.T.E. Sie runzelte ein bisschen die Stirn, sagte aber nichts.

In der Wohnung roch es nach frischer Farbe. Der Vater ging direkt zum Wohnzimmerfenster, aber er konnte nicht weit sehen, weil direkt vor diesem Haus ein weiteres, noch höheres Haus stand. Er wandte sich um. „Es ist alles doch sehr sauber", sagte er schwach.

„Die Vormieter waren sehr ordentliche Leute“, bestätigte die Frau und warf wieder einen kritischen Blick auf P.F.O.T.E.
„Ich will nicht hier wohnen“, sagte Flip.
„Es ist schwierig für die Kinder“, sagte die Mutter. „Bis jetzt hatten wir einen großen Garten.“
Die Frau wandte sich an Flip. „Hier drüben hinter dem nächsten Haus ist ein Fußballplatz“, sagte sie. „Und direkt auf der anderen Straßenseite ein Spielplatz mit Sandkasten.“
„Ich spiele nicht mehr im Sandkasten“, sagte Flip böse. „Ich gehe schon in die Schule.“
Die Frau lachte. Sie sah wieder die Eltern an. „Die Schule ist zu Fuß erreichbar“, sagte sie und zeigte auf einen riesigen graublauen eckigen Bau ganz am Ende der Straße. „Ihr werdet viele Freunde finden.“
Geht doch gar nicht, dachte P.F.O.T.E. Weil wir nämlich nicht hier wohnen können.

Auf der Rückfahrt schwiegen alle. Erst als sie wieder in ihre Einfahrt rollten, räusperte sich der Vater. „Es ist ja nicht so, dass wir eine große Auswahl hätten.“
„Es könnte schlimmer kommen“, sagte die Mutter.
Sie sahen einander an. Sie sahen die Kinder an.
„Ich will da nicht wohnen“, sagte Flip.

„Ich auch nicht", sagten die Mutter, der Vater und Janne wie aus einem Mund. Dann mussten alle lachen.
„Aber wir können auch nicht auf der Straße wohnen", sagte die Mutter dann. Plötzlich wirkte sie wieder traurig.
„Aber im Wald schon", sagte P.F.O.T.E.
„Genau." Der Vater klappte die Beifahrertür auf. „Und du fängst für uns die Wildschweine."
Janne kletterte aus dem Wagen und rannte hinters Haus, ohne sich noch einmal umzusehen.
Die Mutter sah sich seufzend um.
„Können wir nicht einfach hierbleiben?", fragte sie.
„Genau. Wir ziehen einfach nicht aus", sagte der Vater. „Auch nicht, wenn das Haus über unseren Köpfen abgerissen wird."
„Und P.F.O.T.E. beißt jeden, der uns rausschmeißen will", sagte Flip entschlossen.
„Ähm …", machte P.F.O.T.E. „Wenn es sein muss …"
Aber die Vorstellung, einen Menschen zu beißen, fand er vollkommen verrückt.

14.

Die Mutter fuhr, Frau van Bömmel saß auf dem Beifahrersitz, die Kinder und P.F.O.T.E reckten auf der Rückbank die Hälse. Frau van Bömmel hatte rot verweinte Augen.

„Ich glaube nicht, dass sie am Häuschen ist“, sagte sie mindestens zum zehnten Mal. „Wir waren nur dies eine Mal dort. Sie würde es niemals finden.“

„Haben Sie denn schon einen Käufer dafür?“, fragte die Mutter, um Frau van Bömmel abzulenken. Diese starrte eine Weile vor sich hin, dann antwortete sie: „Nein. Es wird nicht so einfach sein. An diesem Haus ist lange Zeit nichts gemacht worden. Ich habe nicht genügend Geld, um es renovieren zu lassen.“

„Dann vermieten Sie es doch erst einmal“, schlug die Mutter vor. Sie bog in die leicht ansteigende kleine Straße ein, die hinauf zum Waldrand führte.

„Auch das wird schwierig“, sagte Frau van Bömmel. „Die Mieter möchten heutzutage alle ein modernes Bad haben und saubere Wände und jede Menge Steckdosen. Im jetzigen Zustand bekomme ich kaum Miete dafür." Sie seufzte. Dann richtete sie sich im Sitz auf: „Da vorne – ist sie das nicht? Ist das Pipette?"

Aber der Hund, den sie erspäht hatte, war nicht Pipette, sondern ein kleiner weißer Pudel, der mit hoch erhobenem Kopf hinter einem Mann in brauner Lederjacke hertrabte.

Frau van Bömmel sank in sich zusammen.

Endlich erreichten sie das kleine Haus.

„Pipette!", rief Frau van Bömmel, und „Pipette!" stimmten die Kinder und ihre Mutter ein.

Nichts regte sich.

„Vielleicht gibt es wieder Erdbeeren", sagte Flip.

„Sei nicht so herzlos", mahnte die Mutter. „Wir suchen Frau van Bömmels Hund."

P.F.O.T.E. hatte die Nase am Boden. Er roch, dass Pipette vor Kurzem hier gewesen war. Er warf den Kindern auffordernde Blicke zu, aber die interessierten sich gerade mehr für die Erdbeeren als für die Suche nach Pipette.

P.F.O.T.E. folgte der Spur. Sie führte in kleinen Kreisen durch den Garten und ums Haus herum. Von Tapf Eins gab es keine frische Spur. Er war wohl nicht mehr hiergewesen.

Aber dann stutzte P.F.O.T.E. Im Gras lag ein schmuddeliges

rosa Stoffband. Es roch intensiv nach Pipette. P.F.O.T.E. hob es mit der Schnauze auf und trug es zu Frau van Bömmel. Die schrie so laut auf, dass die Mutter zusammenzuckte, und griff sich ans Herz. Mit zwei Fingern nahm sie P.F.O.T.E. das Stoffband ab.

„Eine Schleife! Es ist eine von Pipettes Schleifen!"

„Die könnte sie schon bei ihrem letzten Besuch hier verloren haben", wandte die Mutter ein. Sie sah P.F.O.T.E. an. Hätte er doch nur sprechen können. Er versuchte, so auszusehen, wie ein Hund, der „Neinneinnein" sagt.

„Hat P.F.O.T.E. was Schlechtes gefressen?“, fragte Frau van Bömmel besorgt. „Er sieht aus, als würde er sich gleich in meinem Garten übergeben.“

„Moment“, sagte die Mutter. Sie ging mit P.F.O.T.E. aus dem Garten, ein Stück die Straße hinunter.

Als sie stehen blieb, platzte P.F.O.T.E. sofort heraus. „Pipette war hier! Sie sucht Tapf Eins und will ihn von den Wölfen zurückholen.“

„Oh“, sagte die Mutter betroffen. „Das ist aber gefährlich.“

„Hab ich ihr auch gesagt“, erklärte P.F.O.T.E. „Aber sie hat ja nicht auf mich gehört.“

„Meinst du, der Wolf würde ihr etwas tun?“, fragte die Mutter.

P.F.O.T.E. zögerte. „Ich weiß es nicht“, gab er zu. „Er hat nichts Genaueres darüber gesagt, wen er frisst und wen nicht. Wenn Tapf Eins jetzt sein Freund ist, dann frisst er Pipette wahrscheinlich nicht, weil Pipette die Freundin von Tapf Eins ist.“ Er seufzte. „Aber er hat auch gesagt, dass ein Wolf nicht lange darüber nachdenken kann, was er fressen soll und was nicht.“

„Hm“, machte die Mutter. „Dann können wir nicht viel tun. Wir können nur nachsehen, ob sie noch in der Nähe ist. Frau van Bömmel darf von der Geschichte mit dem Wolf jedenfalls nichts wissen.“

„Klar“, sagte P.F.O.T.E. Er zögerte. „Bist du sicher, dass wir gar nichts tun können?“

„Wir gehen ein bisschen in den Wald hinein und rufen“, sagte die Mutter. „Etwas anderes fällt mir nicht ein.“

Frau van Bömmel hielt immer noch die verschmutzte rosa Schleife in der Hand. „Sie war hier“, sagte die düster. „Als wir das erste Mal hier waren, trug sie diese Schleife überhaupt nicht. Ich hatte keine Zeit mehr, sie ordentlich zu frisieren.“

„Dann suchen wir im Wald“, schlug die Mutter vor.

Aber Frau van Bömmel presste die Lippen zusammen und runzelte die Stirn.

„Nein?“, hakte die Mutter vorsichtig nach.

„Pipette würde sich niemals allein in den Wald hineinwagen“, sagte Frau van Bömmel. „Sie ist viel zu ängstlich“

Da fiel es P.F.O.T.E. sehr schwer, ruhig zu bleiben.

Frau van Bömmel ahnte gar nicht, was für eine tapfere kleine Hündin sie hatte!

Die Kinder gingen mit P.F.O.T.E. ein Stück in den Wald hinein. P.F.O.T.E. konnte Pipettes Spur tatsächlich ein Stück weit verfolgen.

Aber dann trauten sie sich nicht weiter.

„Sie kommt bestimmt zurück“, sagte Janne tröstend zu P.F.O.T.E. „Ich glaube nicht, dass sie ihr Frauchen verlässt.“

„Aber sie mag Tapf Eins", wandte P.F.O.T.E. ein.
„Den mag sie aber doch nicht lieber als ihr Frauchen!", rief Janne.
P.F.O.T.E. war sich nicht so sicher.
„Tapf Eins ist aber viel netter als Frau van Bömmel", wandte Flip ein.
„Tapf Eins ist nicht nett", widersprach Janne.
Flip funkelte sie wütend an. Sie seufzte. „Ich mag ihn ja auch. Aber nett ist er nun mal nicht. Er ist ein muffeliger, miesepetriger, motziger Mops."
„Und Frau van Bömmel ist eine alte …", fing Flip an, aber ihm fiel nichts ein.
„Streitet doch nicht", jaulte P.F.O.T.E. „Das halte ich gar nicht aus."
Die Kinder beruhigten sich.
Janne sah sich noch einmal gründlich um. „Wir müssen abwarten", sagte sie.
„Du redest so wie ein Erwachsener!", knurrte Flip verächtlich.
Janne senkte beschämt den Blick.
Sie wanderten wieder zurück in den Garten.
„Haben Sie einen Schlüssel für das Haus?", erkundigte sich die Mutter bei Frau van Bömmel.
„Natürlich!", rief diese. „Es gehört mir!"

„Dürften wir einen Blick hineinwerfen?"

„Bitte!", rief Janne, und Flip feuerte ein „Au ja!" hinterher.

Frau van Bömmel zögerte. „Es ist sehr unordentlich. Und vieles ist kaputt."

„Das macht nichts", sagte die Mutter.

„Bei uns ist es auch unordentlich", fügte Flip hinzu, und die Mutter bedachte ihn mit einem vorwurfsvollen Blick.

Frau van Bömmel zuckte mit den Schultern. „Warum nicht?", sagte sie dann. „Ich habe es nicht eilig, nach Hause zu kommen. Mich erwartet ja niemand mehr." Tränen traten ihr in die Augen.

„Also los!", rief die Mutter und steuerte auf die Haustür zu. Sie wollte Frau van Bömmel von ihrem Kummer ablenken, das verstand Janne. Also rannte sie hinterher und nahm Pipettes Frauchen den Schlüssel aus der zitternden Hand.

Die Haustür quietschte laut, und Janne musste ordentlich drücken, bis sie sich öffnete.

„Da klemmt nur was drunter", sagte die Mutter. Sie trat ins Haus und sah sich um. „Gibt es Licht?"

„Der Strom ist noch eingeschaltet", sagte Frau van Bömmel. „Was das kostet! Aber die meisten Lampen sind ja sowieso kaputt."

„Warum lassen Sie sie nicht reparieren?", fragte Janne.

„Weil das so viel Geld kostet", sagte Frau van Bömmel. Sie knipste das Licht an und stakste dann vorsichtig durch einen muffig riechenden Flur. An der Garderobe hing noch eine grüne Lodenjacke, und auf der Hutablage schlummerte ein passender Filzhut mit einer bunten Feder, den Flip am liebsten gleich vor dem Spiegel aufgesetzt hätte. Aber Frau van Bömmel wollte das bestimmt nicht so gern. Das Haus hatte eine kleine Küche mit einer Tür zum Garten, ein kleines Wohnzimmer und unter dem Dach zwei Schlafzimmer. In allen Räumen hingen Spinnweben von der Decke, und P.F.O.T.E. fand es toll, dass es überall so würzig nach Mäusen roch. Im Bad stand eine alte Badewanne mit vier Löwenfüßen und darüber hing eine Art großes Fass mit einem Schalter.
„Was ist das?", wollte Flip wissen.
„Ein Boiler", sagte die Mutter. „Damit macht man Wasser heiß."
„Die Fenster müssen neu gestrichen werden", sagte Frau van Bömmel. „Eigentlich müsste man sogar neue Fenster einsetzen." Sie verschränkte die Arme und ließ ihren Blick durch den Raum wandern. „Alles mögliche müsste gemacht werden."
„Ich finde, es sieht gar nicht so schlimm aus", sagte die Mutter. Frau van Bömmel warf ihr einen verständnislosen Blick zu.

„Es kommt eben darauf an, was für Ansprüche man hat“, sagte sie dann.

P.F.O.T.E. wandte sich um und trabte hinaus ins Freie, durch den Garten hindurch bis in den Wald.

„Pipette!“, bellte er laut. „Tapf Eins!“

Aber er bekam keine Antwort.

Da fühlte er sich mit einem Mal sehr einsam. So einsam, wie sich nur ein Wolf ohne Rudel fühlen kann.

15.

Die Katze hatte noch nie viel geredet. Aber als P.F.O.T.E. sie an diesem Abend besuchte, wirkte sie besonders schweigsam. Sie begrüßte ihn, drehte die Ohren in seine Richtung, wenn er redete, aber schien seinem Bericht trotzdem nicht zuzuhören, ja, schien ihn gar nicht richtig zu sehen. Nach einer Weile verstummte also auch er, und so saßen beide eine Weile nur da und starrten auf den schnell dahinströmenden Fluss, der ab und zu einen abgebrochenen Ast oder eine leere Plastikflasche vorübertrug.

„Ich vermisse Tapf Eins auch“, sagte P.F.O.T.E. nach einer Weile.

„Ph“, machte die Katze. „Du hast die Kinder.“

P.F.O.T.E. dachte nach. Dann sprang er auf. „Ich weiß es!“, rief er und wedelte begeistert mit dem Schwanz. „Du musst eine Familienkatze werden!“

„Ph“, machte die Katze nur, aber ihre Schwanzspitze zuckte ein wenig.

P.F.O.T.E. hopste aufgeregt um sie herum. „Dann bist du nicht alleine und wirst gestreichelt und kannst jeden Tag mit mir spielen."

„Ich spiele nicht", sagte die Katze. „Ich bin schon erwachsen."

„Bitte!", bettelte P.F.O.T.E. „Ich glaube, es geht gar nicht anders. Wir wären dann beide gleich ein kleines bisschen weniger traurig."

„Ich will nicht", sagte die Katze. „Ich mag keine Häuser. Und keine Straßen."

„Und Kühlschränke?", fragte P.F.O.T.E. listig.

Die Katze zögerte einen kleinen Moment.

„Katzen brauchen keine Kühlschränke", sagte sie dann entschlossen. Aber kaum hatte sie es ausgesprochen, leckte sie sich aus Versehen das Maul.

„Schade", sagte P.F.O.T.E. betrübt. „Bist du dir ganz sicher?"

„Ganz sicher", sagte die Katze. „Ich brauche niemanden und nichts. Eine Katze braucht keinen Hund und schon gar keine Menschen. Wir kommen gut alleine klar." Den letzten Satz hatte sie so laut gesagt, als wolle sie sich selbst überzeugen.

„Dann gehe ich jetzt", sagte P.F.O.T.E.

„Schon?", fragte die Katze entsetzt.

„Ich muss nach Hause", sagte P.F.O.T.E. Er zögerte, näherte sich der Katze noch einmal und leckte ihr vorsichtig über das

linke Ohr. Die Katze zuckte ein bisschen zusammen, blieb aber sitzen.
„Es gefällt mir nicht, dass du hier zurückbleibst“, sagte P.F.O.T.E. „Es fühlt sich nicht richtig an.“
Die Katze schwieg einen Augenblick. „Es sind vor allem die Autos“, gab sie dann zu. „Ich fürchte mich vor Autos.“
„Aber sie sind gar nicht richtig böse“, beteuerte P.F.O.T.E. „Sie können nur nichts sehen. Das muss man wissen, wenn man ihnen begegnet.“
„Ich möchte ihnen gar nicht begegnen“, knurrte die Katze.
„Menschen ohne Autos gibt es nicht, glaube ich“, sagte P.F.O.T.E. „Menschen können nicht so gut laufen wie wir, weil sie nur zwei Beine haben. Sie brauchen Autos. Autos haben vier Räder und fallen nicht so leicht um.“
„Ich bleibe jedenfalls hier“, sagte die Katze. „Bestimmt kommt Tapf Eins wieder, wenn es ihm beim Wolf langweilig wird.“
„Bestimmt.“ P.F.O.T.E. umkreiste die Katze noch einmal, dann rannte er davon.
Während er in Richtung Park galoppierte, von dem aus eine Straße ins Wohnviertel seiner Familie führte, kreisten seine

Gedanken um die vielen Dinge, die ihm gerade gar nicht gefielen. Zwei seiner Freunde waren mit einem Wolf durchgebrannt. Eine weitere Freundin war traurig und einsam. Seine Menschen verloren ihr Zuhause. Es war zu viel für einen kleinen fröhlichen Hund. Immer wieder blieb er stehen und schüttelte sich, und einmal buddelte er eine Weile zerstreut an einem Mauseloch herum, aber nichts half. Seine übliche Fröhlichkeit wollte einfach nicht zurückkehren. Mit hängenden Ohren trottete er über den Gehweg an Pipettes stillem Haus vorbei bis zur Haustür seiner Familie.

Noch bevor er die Pfote zum Kratzen heben konnte, riss Flip die Tür auf und nahm ihn in den Arm.

„Ich habe schon gedacht, du bist auch zu diesem blöden Wolf gegangen“, rief er. „Aber das darfst du nicht, weil wir dich alle so lieb haben.“

Und das half besser als alles Schütteln und Mäusebuddeln der Welt. P.F.O.T.E.s Schwanz fing ganz von alleine an zu wedeln.

Er leckte Flip über die Nase und dann sprang er gleich noch an Janne und an beiden Eltern hoch.
„Ich freue mich so, dass ich euer Hund bin", jubelte er dabei. „Und nicht einmal wenn zehn Wölfe mich darum bitten, würde ich von euch weggehen."
„Das würden wir auch niemals erlauben", sagte die Mutter streng.
Sie gingen alle in die Küche und setzten sich an den Tisch.
„Jetzt, wo alle da sind, müssen wir etwas besprechen", sagte der Vater. Er warf der Mutter einen unsicheren Blick zu.
„Haben wir ein neues Haus?", fragte Janne.
„Kriege ich ein eigenes Zimmer?", rief Flip.
„Es geht um unser neues Zuhause", bestätigte die Mutter. „Wir haben ein neues Angebot, aber wir wollten wissen, was ihr darüber denkt."
„Hat es einen Garten?", fragte P.F.O.T.E. „Wenn es keinen Garten hat, komme ich nicht mit."
„Es hat einen Garten", sagte die Mutter. „Einen sehr schönen Garten sogar."
„Dann nehmen wir es", beschloss P.F.O.T.E. „Können wir jetzt essen? Es ist schon spät und ich bin ganz schön weit gelaufen."
Die Mutter und der Vater sahen einander verwirrt an. Dann räusperte sich der Vater.

„Ihr hättet einen viel längeren Schulweg“, sagte er zu den Kindern. „Ihr müsstet sogar mit dem Bus fahren.“
„Jaaaa! Bus fahren!“, schrie Flip. „Wir kaufen das Haus.“
„Über Kaufen reden wir hier nicht“, seufzte die Mutter. „Wir können das Haus nur mieten, und wir wissen auch nicht, wie lange wir darin bleiben können.“
„Es ist das Haus von Frau van Bömmel“, sagte der Vater.
Janne starrte ihn verwundert an. „Ich denke, das wird auch abgerissen?“
„Nein“, sagte der Vater. „Also ja. Nein. Wir reden vom Haus im Wald. Dem Haus, das sie geerbt hat.“
„Es ist sehr klein“, warf die Mutter schnell ein. „Ihr hättet nur ein gemeinsames Zimmer unter dem Dach.“
„Jaaaa! Unter dem Dach!“, rief Janne. „Dann kann man vom Bett aus die Sterne ansehen! Wir nehmen es! Nicht wahr, wir nehmen es?“
„Wir müssen viel renovieren“, sagte der Vater. „Wir haben Frau van Bömmel angeboten, alles Mögliche zu reparieren, die Wände zu streichen und den Garten in Ordnung zu bringen. Dafür müssen wir weniger Miete bezahlen.“
„Warum ist der Garten denn nicht in Ordnung?“, fragte P.F.O.T.E. verwundert.

„Er ist unordentlich“, sagte Janne.

„Eben“, sagte P.F.O.T.E. „Genau so, wie ein Garten sein soll. In ordentlichen Gärten kann man überhaupt nicht spielen.“

„Wir könnten wenigstens die Brennnesseln ausreißen“, schlug der Vater vor.

„Was habt ihr gegen Brennnesseln?“, fragte P.F.O.T.E.

„Wenn man kein Fell hat, dann jucken die auf der Haut“, erklärte Janne.

„Oje“, sagte P.F.O.T.E. „Ihr habt wirklich Pech, dass euch kein Fell wächst.“

Die Eltern sahen einander an. „Es sieht so aus, als wären wir uns einig“, sagte die Mutter. „Aber dann würden wir sehr einsam wohnen. Am Stadtrand. Dahinter ist nur noch Wald.“

„Jaaaaa! Wald!“, riefen Janne, Flip und P.F.O.T.E.

Der Vater stand auf. „Ich rufe Frau van Bömmel an.“

Dann buken sie gemeinsam Pfannkuchen, um den großen Tag zu feiern. Janne schlug vor, Frau van Bömmel einzuladen, aber P.F.O.T.E. war dagegen. Wenn Fremde da waren, durfte er nicht reden, und gerade war ihm danach, ganz viel zu erzählen!

„Ein andermal“, sagte die Mutter dann auch. „Vielleicht, wenn Pipette wieder da ist.“

„Kommt sie denn wieder?“, fragte Flip.

„Natürlich“, versicherte die Mutter und löffelte sich einen Berg Apfelmus auf den Teller. „Was soll sie denn sonst tun?“

„Ein rosa Wolf werden“, prustete Janne.

„Das ist gar nicht lustig“, protestierte Flip. „Vielleicht frisst der Wolf sie auf.“

P.F.O.T.E. ließ die Ohren hängen.

Es war nicht so einfach wie früher, fröhlich zu sein. Die unfröhlichen Dinge holten ihn immer wieder ein.

16.

Gleich am nächsten Wochenende fingen die Eltern an, das Häuschen im Wald auszuräumen. Sie packten all die Dinge, die Frau van Bömmels Tante zurückgelassen hatte und die niemand mehr brauchen konnte, in große Kisten.
„Eigentlich ist es gemein", sagte Janne. „Es ist ihr Haus und wir schmeißen ihre Sachen weg."
„Wir bitten Frau van Bömmel um ein Foto von ihr und hängen es in der Küche auf", schlug die Mutter vor. „Dann ist sie immer dabei und kann zusehen, was in ihrem Haus passiert."
„Aber vielleicht war sie gar nicht nett", murrte Flip. Er schielte nach den Hüten, die noch auf der Garderobe lagen. „Frau van Bömmel ist jedenfalls nicht besonders nett."
„Wer in so einem wundervollen Häuschen wohnt, kann nicht verkehrt sein", meinte der Vater. Er war gerade dabei, ein sehr schiefes Wandregal abzubauen."
„Meinst du, sie hat als Kind mit Hüten gespielt?", fragte Flip.
„Nimm sie dir schon", sagte der Vater. „Frau van Bömmel will

nichts von dem, was hier ist, und deine Mutter mag die Hüte nicht tragen."

„Super", rief Flip. „Danke, liebe Tante von Frau van Bömmel!" Mit leuchtenden Augen kletterte er auf den Schuhschrank und angelte die Hüte von der Garderobe. Er setzte sich einen grünen Hut auf, der die Form eines verbeulten Kochtopfs hatte. Er fiel ihm über die Augen bis auf die Nase.

„Der steht dir wirklich sehr gut", sagte Janne. „Lass ihn am besten auf."

P.F.O.T.E. wollte gerne helfen, aber überall war er nur im Weg. Farbe tropfe ihm aufs Fell, er stolperte durch zusammengekehrte Schmutzhaufen und warf einen Eimer um.

„Am besten gehst du in den Garten", sagte die Mutter schließlich.

„Ja, das ist am besten", sagte P.F.O.T.E. erleichtert. Er schlüpfte ins Freie, trabte hinüber in den Gartenschuppen. Er roch nach Tapf Eins und dem Wolf. P.F.O.T.E. seufzte und sah lieber den Schmetterlingen nach, die im Sonnenlicht von einer Blüte zur anderen taumelten. Er musste sich immer sehr beherrschen, um nicht nach ihnen zu schnappen. Aber als er einmal einen gefressen hatte, waren Flip und Janne sehr, sehr wütend gewesen. Man konnte nie so genau wissen, was Menschen recht war und was nicht. Er fing genüsslich an, ein Loch in

den Rasen zu buddeln. Der Garten war ja sowieso noch nicht aufgeräumt. Dabei stieg seine Stimmung wieder. Bald würden sie hier wohnen, und hier war es viel schöner als in ihrem alten Zuhause!
Die Familie schuftete und schuftete. Zwischendurch gab es ein Picknick im Garten, aber gleich machten sich alle wieder an die Arbeit. Und plötzlich dämmerte der Abend.
„Schade, dass die Schlafzimmer noch nicht aufgeräumt sind“, sagte Janne. „Ich würde gerne hier schlafen.“
„Au ja, hier schlafen!“, rief Flip.
„Ja, schade.“ Der Vater seufzte. Dann ging ein Grinsen über sein Gesicht. „Na, wie gut, dass ich ganz zufällig unser Zelt und die Schlafsäcke im Auto habe.“
Die Kinder fielen ihm um den Hals. P.F.O.T.E. tanzte ein bisschen herum, obwohl er nicht genau wusste, was ein Zelt war und wozu man es brauchte.
„Ich zeige es dir“, sagte Janne. „Ein Zelt ist ein Haus, das man ganz schnell auf- und wieder abbauen kann. Es hat Wände aus Stoff.“
„Das klingt praktisch“, sagte P.F.O.T.E. „Wenn ihr so ein Haus habt, wozu braucht ihr dann überhaupt noch ein anderes?“
„Weil die Möbel nicht hineinpassen“, sagte Flip.
„Und weil man es nicht heizen kann“, ergänzte Janne. „Und

weil es überhaupt zu klein ist. Man kann nur darin schlafen, wenn es draußen warm ist."

P.F.O.T.E. sah aufgeregt zu, wie das Zelt aufgebaut wurde. Die Kinder holten ihre Schlafsäcke aus dem Auto und die Mutter brachte noch ein paar zusätzliche Decken aus dem Haus. Dann verspeisten sie den mitgebrachten Kartoffelsalat und tranken kalten Tee.

„Es ist wie im Urlaub", sagte der Vater.

Die Mutter wischte sich Staub, Putz und Farbe aus der Stirn. „Ein anstrengender Urlaub", wandte sie ein. Aber sie wirkte ganz vergnügt.

Die Menschen waren erschöpft und gingen früh schlafen. P.F.O.T.E. lag vor dem Zelt, lauschte ihrem gleichmäßigen Atmen und hatte sie alle sehr, sehr lieb.

Aber dann hörte er noch etwas anderes.

Zuerst glaubte er, sich getäuscht zu haben. Er spitzte die Ohren, wandte den Kopf, konzentrierte sich.

Und da war es wieder.

Das Heulen.

Es schwang sich ganz fern durch die Luft wie ein feiner Bogen, sanft ansteigend, dann wieder abfallend. Einen Moment lang war es still, dann fing es wieder von vorne an.

Und nun waren es eindeutig mehrere Stimmen. Zu der kräf-

tigen, vollen Stimme von eben hatten sich weitere gesellt: eine sehr helle, piepsige Stimme und eine krächzige, heisere.
„Tapf Eins", flüsterte P.F.O.T.E. „Pipette!"
In seinen Pfoten zuckte es, ein wohliger Schauer überlief ihn. Am liebsten wäre er aufgesprungen und in die Richtung gelaufen, aus der das Heulen zu hören war.
Aber er beherrschte sich.
Er wollte bei seinen Menschen bleiben. Und er wollte die Katze nicht im Stich lassen, die außer ihm keinen Freund mehr hatte.
Wieder heulte es. Aus der nahen Stadt antworteten mehrere andere Hunde. Sie alle spürten offenbar dasselbe wie P.F.O.T.E.: Sie waren Hunde, aber irgendwo tief in ihrer Seele wohnte noch der Wolf. Ein Wesen, das in die Nacht hinauslaufen wollte, niemals an der Leine gehen oder Pfötchen geben würde. Ein stolzes, freies Wesen, das nur versehentlich in einem kleinen, dicken, strubbeligen, gepflegten, eleganten oder unförmigen Hundekörper eingesperrt war.
P.F.O.T.E. spürte eine tiefe Traurigkeit, wie eine Erinnerung an etwas, was nie wiederkehren würde. Er legte sich hin, seufzte und lauschte wieder auf das Atmen seiner Menschen. Das beruhigte ihn so weit, dass er einschlafen konnte.

17.

Das tiefe Atmen war noch zu hören, als P.F.O.T.E. erwachte. Es klang sogar noch näher und lauter, als hätten sich die Kinder irgendwann in der Nacht aus dem Zelt geschlichen und sich direkt neben P.F.O.T.E. gelegt. Sie mussten es sehr geschickt angestellt haben, wenn sie P.F.O.T.E. dabei nicht geweckt hatten. Das sah ihnen gar nicht ähnlich – normalerweise waren sie laut und ungeschickt und sogar ein bisschen trampelig. Menschen eben.

P.F.O.T.E. blinzelte. Die Sonne schob sich gerade über den Horizont. Das Gras war nass. Eine frühe Fliege summte. Irgendwo rumpelte ein Laster die Straße entlang.

Die Kinder waren nicht da.

Stattdessen lagen im Gras dicht neben P.F.O.T.E. zwei Hunde: ein kleiner, moppeliger schwarzer Hund und ein kleiner, graubrauner Strubbelhund, der vielleicht irgendwann einmal weiß gewesen war. Sie schliefen noch tief. Der Mops schnarchte sogar ein bisschen.

„Tapf Eins!“, kläffte P.F.O.T.E. begeistert. „Pipette! Ihr seid wieder da.“

Der Mops brummte im Schlaf. Pipette hob den Kopf, zischte leise „Lass ihn schlafen! Er ist ganz erschöpft!“, und legte sich wieder flach hin.

Dafür tauchten vier Menschenköpfe im Zelteingang auf.

„Was ist denn los?“, gähnte der Vater. „Es ist doch noch ganz früh.“

Aber Flip war schon bei Tapf Eins. Er hob ihn hoch und drückte ihn an sich. „Du bist ja wieder da, Tapferer Einsamer Wolf“, flüsterte er. „Du bist ja gar nicht mit dem Wolf fortgegangen.“

Tapf Eins brummte und knurrte und schüttelte sich. Janne ging zu Pipette und kraulte ihr die Ohren.

„Dein Frauchen wird so froh sein, dass du wieder da bist“, sagte sie.

Pipette verstand sie natürlich nicht. Sie sah ratlos von einem zum anderen, dann wandte sie sich an P.F.O.T.E. „Sag ihnen, dass ich nicht ihr Hund bin. Sag ihnen, dass ich nur zu meinem Frauchen will.“

„Das wissen sie“, versicherte P.F.O.T.E. „Sie wollen dich gar nicht haben. Auf keinen Fall.“

Da schwieg Pipette beleidigt.

P.F.O.T.E. wandte sich an Tapf Eins, der sich in Flips Armen wand, bis dieser ihn absetzte.

„Willst du doch kein Wolf mehr sein?“, fragte er.

„Später erzähle ich es dir“, schnaufte Tapf Eins und wich Janne aus, die ihn jetzt auch unbedingt streicheln wollte.

„Die beiden sind bestimmt hungrig“, sagte die Mutter. „Wir haben noch Futter im Auto. P.F.O.T.E., es macht dir doch nichts aus, mit ihnen zu teilen?“

„Nein“, sagte P.F.O.T.E. „Euch macht es doch auch nichts aus, später euer Frühstück mit mir zu teilen, oder?“

Die Mutter lachte. Sie ging barfuß zum Auto. „Herrlich“, sagte sie. „Keine Nachbarn, die aus dem Fenster sehen und sich darüber aufregen, dass ich mich noch nicht gekämmt habe.“

„Oder darüber, dass du noch deinen Schlafanzug trägst“, ergänzte der Vater. Die Mutter winkte ihm lustig zu und öffnete die Heckklappe. Kurz darauf kam sie mit einer Tüte voller Hundefutter zurück. Sie legte drei Futterhäufchen auf die Wiese. „Näpfe haben wir leider nicht.“

„Ich habe keinen Hunger“, sagte Pipette. „Tapf Eins kann meine Portion haben.“

P.F.O.T.E. betrachtete sie aufmerksam. Unter dem zotteligen, schmutzigen Fell zeichneten sich ihre Rippen ab. Sie war sehr, sehr dünn geworden.

„Geht es dir nicht gut?“, fragte er besorgt. „Du siehst nicht gesund aus.“
„Mir geht es sehr gut“, schnappte Pipette. „So gut ging es mir noch nie.“
Aber auch die Menschen musterten Pipette voller Sorge.
„Ich glaube, wir baden sie, bevor wir sie zu Frau van Bömmel zurückbringen“, sagte die Mutter. „Damit sie sich nicht erschreckt.“
„Ich muss nicht baden, oder?“, versicherte sich P.F.O.T.E. „Ich war ja nicht beim Wolf.“
„Nein, du musst nicht“, sagte die Mutter. „Obwohl es dir auch nicht wirklich schaden würde.“
„Das weiß man nie!“, wandte P.F.O.T.E. ein.
Janne holte eine Wanne und der Vater rollte den Gartenschlauch aus und füllte sie mit Wasser. Die Mutter kramte Seife aus ihrer Tasche und Flip setzte Pipette, die sich kein bisschen wehrte, in die Wanne.
„Soll ich dich verteidigen?“, grollte Tapf Eins. „Ich finde das ziemlich unverschämt von diesen Menschen.“
„Lass sie nur“, seufzte Pipette. „Sie wissen es nicht besser.“
Aber eigentlich hatte P.F.O.T.E. den Eindruck, dass sie das Bad genoss. Sie schloss die Augen, plätscherte mit den Vorderpfoten im Wasser herum, drehte und wand sich wohlig und

ließ zu, dass Janne das Zottelfell an ihren Ohren auswusch und kämmte und jede Menge kleine Äste, Kletten und Dornen aus ihrem Fell pflückte. Dann wickelten die Kinder Pipette in ein altes Handtuch und schrubbten sie gründlich ab. Als sie fertig waren, sah die kleine Hündin beinahe so aus wie vor ihrer Flucht in den Wald. Nur die rosa Rüschen fehlten.
„Wir könnten gleich auch Tapf Eins baden“, schlug Janne vor.
„Ich glaube nicht“, sagte P.F.O.T.E. schnell. „Ich glaube, Wölfe baden ganz alleine, wenn ihnen danach ist.“

„Ich habe Hunger", sagte die Mutter. „Ich werde uns einen Kaffee kochen, dann können wir frühstücken. Strom haben wir ja, wenn auch sonst noch nicht viel funktioniert." Sie winkte den Kindern zu. „Kommt mit rein und helft mir, die Tassen zu spülen."

„Aber ich will auch wissen, was Tapf Eins erlebt hat", protestierte Flip.

„Jetzt komm", sagte Janne streng.

Unwillig folgte Flip seinen Eltern und seiner Schwester ins Haus. Er wandte immer wieder den Kopf und sah P.F.O.T.E. durchdringend an. Bestimmt würde er ihn später genau ausfragen.

Als sich die Haustür geschlossen hatte, wandte sich P.F.O.T.E. an den Mops, der gerade dabei war, die letzten Bröckchen Trockenfutter aufzulecken

„Willst du jetzt kein Wolf mehr werden?", fragte er.

„Werden?", brauste Tapf Eins auf. „Was willst du damit sagen! Ich muss kein Wolf werden! Ich bin ein Wolf! Ein tapferer, einsamer …" Er verstummte und dachte nach. „Nun", fuhr er dann ruhiger fort, „ich habe mich mit dem Wolf darauf geeinigt, dass ich zwar fest und untrennbar zu seiner Meute gehöre, aber weiterhin eher … nicht im Wald … jedenfalls wollte er weiterziehen und …"

„Tapf Eins ist Ehrenwolf geworden!", mischte sich Pipette mit schriller Stimme ein. „Weil er ein Held ist!"

„Ehrenwolf?", staunte P.F.O.T.E. „Dann herzlichen Glückwunsch!"

Der Mops hüstelte verlegen. „Ich bin nun einmal von Natur aus sehr wölfisch", murmelte er, „wölfischer als mancher Wolf, hat der Wolf gesagt, und ich kann ja wirklich nichts dafür, dass ich ausgerechnet als Mops …"

„Bist du etwa auch Ehrenwölfin geworden?", erkundigte sich P.F.O.T.E. ungläubig bei Pipette.

„Nein", kläffte sie. „Vielleicht nächstes Mal. Ich bin nämlich auch ganz schön wölfisch."

P.F.O.T.E. sagte dazu lieber nichts.

„Es ist nun mal so", fuhr der Mops jetzt etwas verlegener fort, „dass ich mit kurzen Beinen gestraft bin. Kurzen, krummen Beinen. Du siehst ja … und da war der Große Wolf der Ansicht, ich könne ihn nicht weiter begleiten."

„Er ist weggegangen?", fragte P.F.O.T.E. „Er hat dich einfach zurückgelassen?"

„Nein, nein, er kommt natürlich zurück", sagte Tapf Eins hastig. „Und dann bringt er vielleicht seine restliche Meute mit. Ich habe ganz selbstständig beschlossen, dass ich ihm nicht zur Last fallen möchte."

„Genau, Tapf Eins hat das ganz allein entschieden", sagte Pipette. „Der Große Wolf war furchtbar enttäuscht, weil er ihn nicht begleiten wollte."

P.F.O.T.E. betrachtete den Mops nachdenklich. Er konnte ja kaum mit P.F.O.T.E. Schritt halten, und der Wolf war viel größer als er.

„Und dann …", fuhr Pipette eifrig fort, „hat er ihn zum Ehrenwolf gemacht. Noch nie ist ein Mops Ehrenwolf geworden. Tapf Eins ist der allererste. Darauf kann er wirklich stolz sein."

„Ich bin jedenfalls froh, dass ihr wieder da seid", sagte P.F.O.T.E. „Und die Katze ist bestimmt auch total froh. Und Flip und Janne auch. Und Frau van Bömmel erst! Und überhaupt alle." Dann fiel ihm ein, dass die beiden die große Neuigkeit noch gar nicht kannten. „Und wisst ihr was? Wir werden bald hier wohnen."

„Aber das Haus gehört meinem Frauchen!", protestierte Pipette.

„Aber meine Familie darf darin wohnen", erklärte P.F.O.T.E.

„Geht doch gar nicht", fing Pipette an, aber keiner beachtete sie.

„Es steht sehr nah am Wald", stellte Tapf Eins fest.

„Ich habe gestern Abend euer Geheul gehört", sagte P.F.O.T.E. „Es klang sehr … wölfisch."

Da schwieg Tapf Eins eine Weile. Er ging langsam ein paar Schritte in Richtung Waldrand und spitzte die Ohren, als hoffe er, noch das Echo des Wolfsgeheuls zu hören. Aber nur ein Eichelhäher schimpfte, eine Amsel flog zeternd auf und eine Hummel purzelte aus einer dicken roten Tulpenblüte. Die Miene des Wolf-Mopses war sehr ernst, fast ein bisschen traurig.

„Ich habe ihn zurückgeholt“, sagte Pipette sehr stolz zu P.F.O.T.E. „Weil sich von euch ja keiner getraut hat.“ Sie sprang zu Tapf Eins hinüber und leckte ihm das linke Ohr.

Tapf Eins trottete langsam wieder zurück in den Garten.
„Dann gehe ich jetzt mal wieder“, sagte er. „Schließlich wohne ich nicht in einem Haus und auch nicht in einem Garten. Ich bin ein freier Wolf.“
„Geh doch nicht gleich weg!“, rief P.F.O.T.E. bestürzt. „Wir haben uns doch noch gar nicht zu Ende gefreut, weil du wieder da bist!“
„Frühstück!“, rief Janne von der Haustür aus. P.F.O.T.E. wandte sich an seine beiden Freunde. „Es gibt noch mehr zu essen, wenn ihr wollt. Aber im Haus.“
„Tapf Eins betritt keine Häuser“, kläffte Pipette. „Er ist ein stolzer Wolf und …“
„Nun ja“, fiel ihr Tapf Eins ins Wort. „Man darf dem Gegner als Wolf keine Schwäche zeigen. Er könnte es als Feigheit auslegen. Daher würde ich es vorziehen, jetzt stark zu sein und das Haus zu betreten, als wäre es kein feindliches Revier.“ Er sabberte schon ein bisschen vor Appetit.
Pipette betrachtete ihn einen Moment lang zögernd.
„Du hast recht“, bellte sie dann leise. „Wir haben gar keine Angst vor denen.“
Die beiden trotteten hinter P.F.O.T.E. her zum Haus.

18.

Frau van Bömmel war so glücklich, dass sie weinen musste. Dabei zerrann ihre Wimperntusche und hinterließ dicke schwarze Streifen auf ihren Wangen. Aber das störte niemanden, schon gar nicht Pipette, die ihr die Tränen und die Wimperntusche einfach aus dem Gesicht leckte.

„Mein kleines Baby!", schluchzte Frau van Bömmel. „Ich habe mein kleines Baby zurück!"

„Ihr habt nicht so geweint, als ihr mich wiedergefunden habt", flüsterte P.F.O.T.E. Janne zu. Aber Janne warf ihm einen strengen Blick zu: Er sollte doch nicht reden, wenn fremde Leute in der Nähe waren!

Pipettes Frauchen hatte es sich nicht nehmen lassen, sofort mit dem Taxi zu ihrem Häuschen zu kommen und ihren Liebling abzuholen. Pipette verabschiedete sich mit einem tiefen Blick von Tapf Eins. „Wir sehen uns bald wieder, mein Wolf", flüsterte sie ihm zu, dann tänzelte sie an ihrer goldenen Leine aus der Tür.

P.F.O.T.E. und Tapf Eins blieben zurück.
„Ich müsste auch mal gehen“, grummelte Tapf Eins. „Es ist ein weiter Weg bis zum Fluss.“
Aber er rührte sich nicht vom Fleck.
„Die Katze wartet auf dich“, sagte P.F.O.T.E.
„Das ist gut“, sagte Tapf Eins. „Man gewöhnt sich ganz schnell daran, eine Meute zu haben …auch wenn eine einzelne Katze keine richtige Meute sein kann.“
„Ich finde, du solltest noch ein Nickerchen auf dem Liegestuhl machen und erst dann zum Fluss gehen“, sagte P.F.O.T.E.
„Meinst du?“ Tapf Eins sah sich nach dem Holzschuppen um.
„Klar.“
„Wo geht er hin?“, fragte Janne erstaunt, als Tapf Eins aus dem Haus in Richtung Schuppen marschierte.
„Ich möchte etwas mit euch besprechen“, sagte P.F.O.T.E. „Ohne ihn.“
Die Kinder und ihre Eltern betrachteten ihn überrascht. So ernst hatten sie ihn noch nie erlebt.
„Wir hören“, sagte der Vater schließlich.
„Also“, fing P.F.O.T.E. an. „Eine Katze ist keine Meute.“ Er machte eine Pause.
Die Menschen sahen einander ratlos an. „Ja?“
„Und hier gibt es keine Autos. Fast keine.“

„Ist das ein Rätsel?“, fragte Flip. „Ich mag Rätsel!“
„Ich mag keine Rätsel“, sagte die Mutter. „Sag einfach, worum es geht.“
„Gut.“ P.F.O.T.E. schluckte. „Können Tapf Eins und die Katze auch hier wohnen? Nicht im Haus, aber vielleicht gleich hier am Waldrand. Sie können ja trotzdem tapfer, einsam und frei sein, oder?“
„Klar!“, schrie Flip. „Tapf Eins soll hier wohnen! Und die Katze auch! Wir holen die Hundehütte und stellen sie in den Garten.“
Janne sah ihre Eltern an: „Dürfen sie?“, flüsterte sie.
„Tapf Eins ist unfreundlich, unsozial und ein Sturkopf“, sagte der Vater. „Und ich mag ihn.“
Die Mutter runzelte die Stirn. „Ein Wolf im Garten? Ich weiß nicht, was ich davon halten soll.“
„Und beide sind meine Freunde“, erklärte P.F.O.T.E.
„Warum nicht?“ Der Vater zuckte mit den Schultern. „Hier wird es ohnehin recht einsam. Wir müssen nur klären, dass Tapf Eins nicht heimlich unsere Vorräte plündert.“
Janne fiel ihrem Vater um den Hals. Dann sprang sie vom Stuhl und rannte zur Tür. Sie sah sich ungeduldig nach ihren Eltern um. „Kommt ihr?“
„Wohin?“

„Zum Fluss. Die Hütte holen. Und die Katze.“ Die Mutter sah P.F.O.T.E. an. „Wir müssen die beiden erst fragen, ob sie überhaupt zu uns kommen wollen, oder?“

„Eigentlich nicht“, sagte P.F.O.T.E. „Eigentlich haben sie schon Ja gesagt.“

Und er rannte hinaus in den Gartenschuppen, um Tapf Eins die gute Neuigkeit zu überbringen.

Dieses Buch ist auch als E-Book erhältlich.

Weitere Bände in dieser Reihe

P.F.O.T.E – Ein fast perfekter Hund 978-3-570-17418-0

P.F.O.T.E – Ein Ohr für alle Fälle 978-3-570-17568-2

FSC www.fsc.org MIX Papier aus verantwortungsvollen Quellen FSC® C010328

Verlagsgruppe Random House FSC® N001967

1. Auflage 2019

Umschlagbild und Innenillustrationen: Barbara Scholz
Umschlagfertigstellung: Susanne Ulhorn
ck • Herstellung: AJ
Satz: dtp im Haus
Reproduktion: ReproLine Mediateam, München
Druck: Alföldi Nyomda Zrt., Debrecen
ISBN 978-3-570-17629-0
Printed in Hungaria

www.cbj-verlag.de

© Isabelle Grubert/RandomHouse

Bettina Obrecht wurde 1964 in Lörrach geboren und studierte Englisch und Spanisch. Sie arbeitet als Autorin, Übersetzerin und Rundfunkredakteurin und wurde für ihre Kurzprosa und Lyrik mehrfach ausgezeichnet. Seit 1994 veröffentlicht sie Kinder- und Jugendbücher und hat sich längst in die „Garde wichtiger Kinderbuchautorinnen hineingeschrieben" (Eselsohr).

© privat

Barbara Scholz, geboren 1969 in Herford, lernte zunächst den Beruf der Druckvorlagenherstellerin. Seit dem Abschluss ihres Design-Studiums in Münster arbeitet sie in einer Ateliergemeinschaft und illustriert sehr erfolgreich Kinderbücher.